지금 당신이
글을 써야 하는 이유

일러두기

* 단행본은 『 』로, 시, 노래 등은 「 」로 표기했다.
* 일부 표준어가 아닌 단어는 저자 고유의 입말을 살린 것이다.

평범한 우리가 경험한
글쓰기의 위대한 힘

지금 당신이
글을 써야 하는 이유

이윤지

엄명자

신재호

정혜영

고경애

강 준

강성화

유미애

염혜진

봄름

글쓰기로 인생이 달라질 수 있을까요?

우리는 이 물음에 주저 없이 답할 수 있습니다.

"네, 물론이죠. 충분히 가능한 일입니다!"

글쓰기를 통해 자신의 아픔과 상처를 치유하기도 하고, 자신의 생각을 기록하는 과정에서 스스로를 돌아보며 삶의 태도가 바뀌어 삶을, 사람을, 세상을 바라보는 시선이 달라지기도 합니다. 또 누군가는 글쓰기 덕분에 삶의 무대가 넓어지기도 하고, 인생의 목적을 되찾고 제2의 인생을 살아가는 사람들도 있지요. 이렇듯 글쓰기의 힘이란 실로 위대합니다.

우리 또한 글을 쓰기 시작하면서 삶에 많은 변화가 있었습니다. 30대 초반부터 60대 초반까지 나이도 서로 다르고 하는 일도 다양한 우리의 공통점은 단 하나입니다. 꾸준하게 글을 쓰며 스스로 삶의 변화를 이루어냈다는 것. 그 9인 9색의 이야기를 전하기 위해 이렇게 책을 쓰게 되었습니다. 우리의 삶이 그러했듯 당신의 삶도 그러하길 바라는 마음을 담아서요.

물론 하얀 백지를 한 글자 한 글자 채워간다는 것은 생각보다 쉽지 않은 일입니다. 하지만 세상 어떤 일이든 '꾸준히'만 한다면 어렵게만 느껴지던 일도 조금씩 장벽이 허물어지기 마련입니다. 글쓰기도 마찬가지예요. 쓰면 쓸수록 조금씩 나아집니다. 일단 쓸 수 있는 걸 그냥 써보세요. 쓰다 보면 보이지 않던 것들이 보이고, 때론 다른 길이 열리기도 합니다. 그렇게 천천히 내딛는 걸음들이 모여 내 삶을 이루고 또 새로운 길을 만들어갑니다.

일생일대의 위기나 극적인 성공 같은 희소한 경험을 해야만 글을 쓸 수 있는 것은 아닙니다. 남들은 잘 모르는 전문 지식을 알고 있거나 한 분야에서 이름을 날리는 사람만 글을 쓰는 것도 아닙니다. 스스로 '쓰는 사람'이 되겠다고 결심한 순간, 인생은 지금과 다른 방향으로 흘러갑니다.

이 책은 의미 없이 흘려보내는 하루하루를 기록하고 싶은 사람, 나의 장점을 찾아 퍼스널 브랜딩을 하고 싶은 사람, 반복되는 일상을 벗어나 삶의 새로운 변화를 원하는 사람에게 '글쓰기'라는 재미있는 해답을 권합니다. 글쓰기를 어떻게 시작해야할지 막막한 사람, 꾸준하게 쓰고 싶지만 작심삼일인 사람에게는 '쓰는 사람'으로서 살아가는 데 마중물이 되어줄 것입니다.

우리는 무엇이든 쓸 수 있고, 어디로든 흘러갈 수 있습니다. 내가 직접 보고, 듣고, 말하고, 느끼는 모든 것이 글감입니다. 그동안 무심코 지나쳐왔던 나의 이야기를 하나씩 써보세요. 함께 쓰고 함께 행복합시다.

내 손끝에서부터 시작되는 인생의 변화. 이제 당신의 차례입니다. 글쓰기와 함께하는 당신의 삶을 열렬히 응원합니다.

2023년 어느 여름날, 모두를 대표하여

강성화

차례

3장. 내 글이 삶을 바꾸는 순간

부록. 당신도 할 수 있는 글쓰기

1장

내		삶	이			
글	을		찾	아	간	
순	간					

가면을 벗고
진짜 '나'로 살아가다

writer
이윤지

'행복한 아나운서'라는 페르소나

"온 국민이 건강해지는 그 날까지! 시청자 여러분과 함께합니다!"

활짝 웃으며 방송 프로그램을 진행했던 그 시각. 눈물은 목구멍 바로 아래까지 차올라 있었다. 엄마가 세상을 떠난 지 오래 지나지 않은 어느 날이었다. 패널로 엄마를 닮은 중년 여성이 출연하면 심장이 내려앉았고, 아빠의 생신날 엄마 없이 동생과 축하 노래를 부르는 시간은 매초 가슴이 아려왔다. 엄마의 온기가 남아 있는 휴대폰 메시지를 읽다가 다리에 힘이 풀려 주저앉아 통곡한 날도 많았다.

"저기요, 괜찮으세요?"

사람들의 부축에도 얼빠진 사람처럼 흐느끼느라 눈 한번 마주치지 못했다. 그럼에도 '아나운서' 가면을 썼을 때만큼은 즐겁고 행복한 사람이었다. 이는 방송인으로서 지키고 싶은 직업의식이기도 했다. 'TV를 보는 사람이 진행자의 표정 때문에 슬퍼져서는 안 돼.'

추적추적 비가 내리는 어느 날이었다. 이날만큼은 북받치는 감정을 추스르기 어려웠다. 촬영을 마치고 도무지 바로 귀가할 수 없었다. 방 안에서는 가족이 걱정할까 마음껏 울 수 없었기 때문이다. 결국, 두꺼운 방송 메이크업을 한 채로 급하게 검색해서 찾은 홍대의 어느 LP바를 향했다. 후드득 우산을 두드리는 빗소리가 꼭 내 마음 같았다. 어두컴컴한 바에 들어간 나는 이름 모를 칵테일을 시키고 엄마가 제일 좋아하던 올드팝 세 곡을 신청곡으로 내밀었다.

"아니, 젊은 사람이 이 노래는 어떻게 알아요?"

옅은 미소로 살짝 목례하고는 구석진 자리로 걸어갔다. 팔꿈치를 탁자에 겨우 올려 몸을 지탱했다. 잠시 뒤 첫 번째 신청곡 Deep Purple의 「Soldier of fortune」이 흘러나왔다. '이때다!' 고개를 최대한 테이블 아래로 구겨 넣었다. LP바는 마치 빛이 희미한 동굴 같았고 사람도 별로 없었다. 울기에 딱 좋은 환경이었다.

The Animals의 「The house of the rising sun」과 Rainbow의 「Temple of the king」이 연달아 울려 퍼지는 동안 가슴 깊은 곳에 딱딱하게 굳어 있던 눈물 덩어리들을 힘껏 끌어올렸다. 돌덩이 같은 먹을 열심히 갈아 액체로 흘려보내는 기분이었다. 세 곡 안에 모든 슬픔을 비워내야 했다. 주어진 10분 동안 보고 싶은 엄마를 꼭 껴안아야만 했다.

그렇게 온 힘을 다해 울고 나니 어느덧 노래도 끝나 있었다. 구겨진 몸을 펴고 무겁게 푹 젖은 속눈썹을 들어보니 어느덧 주위가 밝아져 있었다. 순간 엄마의 음성이 들려왔다. '고생 많았다. 이제 다시 일어나렴.'

주문한 칵테일의 이름은 전혀 기억나지 않는다. 한 입도 대지 않았으니까. 그 길로 일어나 힘차게 집으로 걸어갔다. 내일 새벽 방송을 하려면 지금 여기서 이럴 때가 아니었다.

쓰러지고 일어나기를 반복하는 삶 속에서 내 마음을 품어줄 여유는 없었다. 깊숙이 마음을 들여다볼 용기는 더욱 부족했다. 아픔은 일단 덮어두고 행복을 찾아나서는 태도가 습관이 되어 버렸다. 그러나 보듬어주지 않는다고 해서 사라지는 것은 아니었다. 드러나지 않을 뿐 자리에 그대로 남아 있었다.

갑자기 찾아온 글쓰기의 욕망

결혼 후 임신과 출산을 하고 육아에 전념했다. 아이가 자라 어린이집에 가게 되었을 때 처음으로 자유 시간이 생겼다. 종일 육아를 할 때는 휴식 시간이 그렇게나 간절했는데 갑자기 여유가 주어지니 무엇부터 해야 할지 알 수 없었다. 단절된 경력을 당장 이어갈 수도 없고, 그렇다고 딱히 열정적으로 하고 싶은 일도 없었다.

그때 내가 매일 했던 것은 멍하니 앉아 유튜브 보기였다. 손꼽히는 예능 프로그램들을 원 없이 보았다. 이것이야말로 꿈꾸던 삶이 아니겠는가! 그러나 얼마 지나지 않아 나의 가슴속은 텅 비어버렸다. '나도 저렇게 방송을 하던 때가 있었는데… 이제는 무얼 할 수 있을까?' 자신감은 떨어지고 무력감에 머리를 감을 힘조차 없었다. 가슴 뛰며 일하던 옛날로 돌아가는 것은 불가능해 보였다.

어느 날 식탁에 멍하니 앉아 있던 내게 남편은 말했다.

"나는 당신을 보면 시간이 너무 아까워서 미칠 것 같아. 당장 머리라도 감든지!"

순간 내가 느낀 충격은 핵폭탄급이었다. '뭐라고? 머, 머리라도 감으라고?' 수치심을 느낀 나는 화장실로 들어가 문을 쾅 닫

왔다. 곧이어 3초도 되지 않아 문이 열렸다.

"뭘 잘했다고 문을 닫아. 얼른 나와."

그다음은 어떻게 되었을까? 1초도 안 되어 곧장 문밖으로 나왔다. 생각해보니 남편 말에 틀린 것도 없었다. 스스로 속상했던 이유 또한 나에게 주어진 하루하루가 아까웠던 탓이었다.

그날 밤 문득, 간절히 '글'을 쓰고 싶다는 생각이 들었다. 이런 불타는 열망은 오랜만이었다. 아니, 처음이었다. 아이를 재우려고 컴컴한 방에 누우면 사방에 글감이 둥둥 떠다녔고, 샤워를 하거나 장을 볼 때도 쓰고 싶은 이야기들이 밀물처럼 밀려들었다. 마치 안데르센 동화의 멈추지 않는 '빨간 구두'를 신은 듯 심장이 시도 때도 없이 뛰었다.

그때부터 아이가 어린이집에 가면 글을 쓰기 시작했고 늦은 밤 가족이 잠들면 스르륵 일어나 노트북 앞에 앉아 자판을 두드렸다. 하얀 여백 위에 글자만 담기 시작하면 시간이 급속도로 흘러 하루가 너무 짧게만 느껴졌다.

정식으로 작가 수업을 받은 적은 없었기에 일단 무작정 썼다. 보고 싶은 엄마 이야기도 쓰고, 아이를 키우면서 느낀 점도 담아보고, 이따금 떠오르는 어릴 적 추억들도 하나둘 종이 위에서 내려갔다. 그동안 외면하던 씨앗들을 하나둘 끄집어낼 때마다 심장이 쿵 내려앉았다. 감정이 복받칠 때면 쓰던 글을 멈추고 소리 없이 통곡하기도 했다. 퉁퉁 부은 눈으로 새벽이 밝아오면 잠이 부족해서 심장박동이 빨라지는 날도 있었다. 그래도 마음만큼은 개운했다. 후련하고 행복했다.

스스로 대단한 사건으로 여기며 묻어두었던 씨앗들은 세상에 나오는 순간 담담한 하나의 스토리가 되었고, 때로는 누군가에게 위로로 다가갔다. 오랜 시간 외롭게 웅크려 있던 아픔들은 어느덧 독자들 곁에서 꽃으로 피어나고 있었다.

글을 쓸 때는 '가면'을 벗는다

그렇게 글쓰기에 빠져들었다. 내가 글쓰기를 사랑하는 이유는 손에 펜을 쥘 때만큼은 가면을 벗고 솔직한 '나'와 마주하기 때문이다. '글'이란 나를 오롯이 만나게 해주는 '우물'이다. 마음을 백지에 옮기는 동안 누구도 의식하지 않고 내면의 대화를 나눌 수 있다. 꼭 책을 내거나 어딘가에 연재하는 글이 아니어도 좋다. 비공개로 올려도 괜찮고, 부끄러울 땐 쓰고 지워버려도 된다. 중요한 건 글을 쓰는 동안 내 안에서 소통하는 시간이니까. 오가는 대화가 진실할수록 나와의 연결고리도 끈끈해진다.

오늘도 누군가를 위해, 무언가를 위해 크고 작은 '가면'을 쓰고 있는 우리. 혼자만의 시간을 마련하여 내면 깊은 곳의 씨앗을 하얀 종이 위로 건져내보자. 솔직한 모습으로 타자를 두드릴 때, 가면 쓴 나와 진짜 나는 하나가 된다. 자유가 시작된다.

글쓰기가 가져다준
이해의 선물

인생 최고의 위기

'아! 이대로 그냥 눈을 뜨지 않고 죽어버렸으면 좋겠다!'

일요일 아침, 침대에서 눈을 뜨며 생각했다. 길가에 이팝나무 꽃이 비누거품처럼 하얗게 피어난 계절이었다. 온 세상은 기쁨을 머금은 채 연두에서 초록으로 짙어지고 사람들은 마치 축제를 즐기듯 산으로 강으로 떠나는데, 나는 살고 싶은 의욕도, 하루를 살아낼 기운조차 없었다. 여섯 살, 아홉 살 어린 딸들은 엄마 눈치를 보며 점심때가 다 되도록 밥 달라는 말조차 꺼내지 못하다 자기들끼리 대충 끼니를 때웠다.

몸과 마음의 상태가 딸들을 건사할 수 있는 상황이 못 되었다. 평일은 초등학교 교사로 역할을 해야 하니 책임감을 가지고 겨우겨우 버티다가 퇴근만 하면 저녁 식사도 하지 않고 시체처럼 널브러져 잠을 잤다. 휴일이 되면 더 기운을 못 차리고 일어나지 못했다. 심한 우울증이었다. 정말 다행히도 지척에 살고 계신 시부모님께서 우리 집에 자주 드나들면서 딸들 건사며 살림을 도와주셨다.

처음부터 이렇게 내 삶이 절망적이지는 않았다. 남편이 보직을 바꾸면서부터 늦은 밤까지 일을 하고 심지어 주말에도 쉴 수가 없게 되었다. 우리 부부가 대화를 나눌 수 있는 시간은 점점 줄어들었다. 게다가 아이들 육아와 집안일 모두 오롯이 나의 몫이 되었다. 사랑해서 결혼하면 남편과 알콩달콩 깨 볶으며 아이들과 행복하게 살 줄 알았는데, 어찌된 일인지 시간이 지날수록 하루하루 희망 없이 뜨거운 사막을 건너는 느낌이었다.

남편과 속 깊은 이야기도 나누고, 가족이 함께 맛있는 것도 먹으러 다니고, 나들이도 가고 싶은데 마치 우리는 이별한 사람들처럼 서로에게서 고립되고 있었다. 해거름에 다정한 부부가 배드민턴 라켓을 들고 나란히 가는 모습을 보면 괜스레 서럽고 슬퍼졌다. 그 부부가 그렇게 부러울 수가 없었다. 시간이 지날수록 가슴이 답답해지고 화병이 생길 지경이었다. 남편이 일찍 들어와서 아이들과 함께 놀아주고 집안일도 하고 다정하게 이야기도 나누면 좋겠는데, 이런 속마음을 터놓을 틈도 없었다.

내 마음을 알아주지 않는 남편이 야속해서 나는 싸움을 걸고, 남편은 방어를 하다 안 되면 같이 화를 내서 큰 싸움으로 번졌다. 이런 시간이 길어질수록 나의 영혼은 마치 알 수 없는 벌레가 갉아먹는 느낌이었다. 남편과 말다툼이라도 하게 되면 어지럽고 숨이 안 쉬어지고 또 어떨 땐 과호흡이 일어나 쓰러지기도 했다. 공황장애가 찾아와 119 구급차에 실려 응급실에 간 적이 한두 번이 아니었다.

이해의 시작

처음엔 마음을 토로할 데가 없어서 무작정 노트에 쓰기 시작했다. 남편에 대한 서운한 마음과 괴롭고 힘든 상황을 쏟아냈다. 이 상황을 친구에게 터놓기에는 자존심이 상하고, 친정 식구들에게 말하면 걱정할 게 뻔한데 어떻게든 표출하지 않으면 죽을 것 같았다. 글을 쓴다고 고통이나 괴로움이 마법처럼 사라지는 것은 아니었지만, 우선 숨은 쉴 수 있었다.

그러다 우연히 존재에 대해 탐구하고 글을 쓰는 연구회를 알게 되어 본격적으로 글을 쓰게 되었다. 처음에는 '타자 탐구 글쓰기'의 일환으로, 결혼 후 소원하게 지내던 남동생을 대상으로 인터뷰하고 글을 썼다. 그 과정에서 동생을 깊이 이해하게 되면서 사이가 가까워졌다. 같은 상황을 두고도 서로의 해석이 정말 다르다는 것을 깨달았다. 이후에 남편을 탐구하고 글을 써보고 싶었는데 여의치가 않았다.

그다음으로 한 것이 '자기 탐구 글쓰기'였다. 자신을 관찰하고 탐구해서 글을 쓰는 것인데, 그때그때 마음에서 올라오는 주제로 글을 썼다. 우리는 매주 한 번씩 연구실에 모여서 서로 쓴 글을 발표하고 피드백을 나누었다. 다른 사람의 이야기를 듣다 보면 '아! 나만 힘든 게 아니었구나! 나에게도 감사할 것이 많구나!' 하고 깨닫게 되었다.

한 달에 한 번은 표현예술치료 워크숍에 참여하여 나의 내면을 명상, 음악, 무용, 미술 등의 활동으로 표현하고, 그 과정을 글로 적었다. 어느 날은 사람들과 함께 재미있게 춤을 추는 과정에서 내 안에 있는 초등학교 3학년 정도의 명랑한 여자아이와 마주했다. 내면 아이를 만난 것이다. 어릴 때 겪었던 상처와 결핍을 마주하고 나자 내가 왜 그토록 예민하고 까다로운지, 다른 사람에게 왜 사랑받고 인정받고 싶어 하는지를 이해하게 되었다.

나는 그동안 남편의 온전한 사랑을 받고 싶어 했고, 남편이 무조건 내가 바라는 대로 해주어야 한다고 생각했다. 남편의 입장에서는 한 번도 생각하지 못했다. 나의 힘들고 괴로운 점만 생각했지 남편이 직장에서 얼마나 힘든 시간을 견디고 있는지는 생각하지 못했다. 글을 쓰고 나누면서 나는 조금씩 다른 사람의 입장에서 생각하게 되었고, 이해의 폭이 넓어졌다.

이후로도 나는 계속해서 글을 썼다. 어떨 때는 시도 때도 없이 글이 쓰고 싶어서 힘들 때도 있었다. 아주 어린 시절 이야기, 결혼과 직장 생활 이야기, 성공을 위해 노력한 이야기 등등 책 몇 권 분량의 글을 쓰고 또 썼다. 나는 글을 한 편 한 편 마무리 할 때마다 카페에 글을 올리고, 가족들에게 링크를 보내서 읽도록 했다.

어느 날, 친정아버지에 대해 쓴 글을 둘째 딸이 보고 "외할아버지가 일찍 돌아가셨을 때, 엄마 정말 슬펐겠다. 엄마가 외할아버지에 대한 이야기를 한 번도 안 해줘서 정말 궁금했었어" 라고 말해서 놀랐다. 딸이 외할아버지에 대해 궁금해할 거라고 생각하지 못했었다. 그 후로도 우리 가족은 글을 통해 서로의 속마음을 주고받는다.

이해라는 선물

남편도 나의 글을 읽으면서 많은 변화가 일어났다. 절대로 열리지 않을 것 같던 단단한 성문이 아주 조금씩, 서서히 열리는 느낌이었다. 글은 마음과 마음을 잇는 통로이자 서로를 이해하게 해주는 선물이었다. 차를 함께 타고 가면서도 내가 쓴 글을 시작으로 많은 이야기를 나누었다. 어린 시절 이야기도 하고 학창 시절 힘들었던 이야기나 마음에 담고 있는 이야기를 풀어놓을 수 있었다.

그러면서 불가능할 것만 같던 남편과의 관계도 조금씩 회복되기 시작했다. 말로 다 표현하지 않아도 상대방의 생각과 마음을 알아차리고, 서로를 힘들게 하거나 상처 주는 말은 하지 않게 되었다. 내가 좋아하는 글을 써서 가족과 나누고 대화하며 최선을 다해 삶을 살아가는 사이, 늪처럼 절대로 빠져나올 수 없을 것 같던 우울증과 공황장애 증세도 어느새 사라졌다.

시간을 거슬러 올라가 생각해보았다. 내가 만약 글을 써서 나누지 않았다면 우리는 지금쯤 어땠을까? 여전히 나 자신에 대해 잘 모른 채, 남편과 서로를 이해하지 못한 채 원망하고 화내며 살았을 것이다.

글쓰기는 나의 존재와 삶을 전체적으로 조망하고 이해하게 하는 지도이다. '아! 나는 이런 사람으로 이렇게 살아왔고 무엇을 잘하고 좋아하며 어떤 것을 가치 있게 느끼고 앞으로 무엇을 하며 살아야 하는 사람이구나!'를 깨달으니 우선은 나부터 단단한 사람이 되어갔다.

나를 이해하자 다른 사람을 볼 때도 평가하지 않고 '아, 그럴 수 있구나! 나와 정말 다르구나!' 하고 여유로운 마음으로 받아들일 수 있게 되었다. 서로 미워하고 다른 방향으로 점점 멀어져가던 남편과 내가 같은 방향을 향해 손을 잡고 갈 수 있다는 것에 얼마나 감사한지 모른다. 이 모든 것이 글쓰기가 나에게 준 '이해'라는 선물 덕분이다.

올해도 어김없이 이팝나무 꽃이 흰 거품을 품은 물결처럼 다가온다. 푸른 하늘과 연둣빛의 싱그러운 이파리들 사이사이에 깃든 기쁨을 느끼며 아득해진 지난날을 떠올린다. 글쓰기를 통해 빚어진 반짝반짝 빛나는 나의 나날이 오래도록 이어지길 바라본다.

나의 갱년기는
다르게 지나간다

writer
신재호

마흔의 문턱을 넘었을 때였다

그 날도 평소와 별반 다른 것 없이 평범한 날이었다. 야근하고 조금 늦은 밤, 집에 들어가는데 골목 앞에서 숨이 턱 막혔다. 누가 심장을 쥐어짜는 듯한 통증이 느껴져 그대로 길바닥에 주저앉아 가쁜 숨을 내뱉었다. 이대로 어떻게 되는 것은 아닐까 하는 두려움이 저 밑 어딘가에서 밀려들었다. 한참 후에야 통증이 사라지고 숨을 쉴 수 있었다.

그때부터였다. 공허함과 무기력. 그간 나와 상관없는 듯 보였던 단어가 서서히 내 삶을 지배하기 시작했다. 무엇을 해도 의욕이 나지 않았다. 앞만 보며 열심히 달려왔다. 남보다 조금 늦게 시작한 직장 생활을 만회하고자 한 발씩 더 뛰며 노력했다. 그 결과 본사에서 근무할 기회도 생겼고, 승진도 빨랐다. 사이 좋은 아내와 네 살 터울의 남매도 건강하게 잘 자라며 가정도 평온했다.

하지만 아이들이 커갈수록 학원에 빼앗겨 얼굴 볼 틈도 없었고, 아내 역시 아이들에게 집중하다 보니 나 홀로 외로웠다. 여기에 알 수 없는 무기력과 고독감이 혼재되었으니 어찌하면 좋으란 말인가.

힘을 내려고 안 해본 것이 없었다. 가족들과 더 많은 시간을 보냈고, 일에도 집중하려 노력했지만 아무 소용 없었다. 가끔 친구들과 만나 이런 이야기를 꺼내면 친구는 "야, 원래 인생은 그런 거야. 다들 그러고 살아. 어찌겠어. 이리 살다 가는 거지 뭐. 분위기 처진다. 그냥 마셔!"라며 말을 막았다. 그저 술이나 진탕 마시며 잠시나마 망각의 힘에 어깨를 기대보지만 그럴수록 칠흑 같은 어둠 속으로 빠져들 뿐이었다. 지금 와서 생각해 보니 아주 지독한 갱년기였다. 중년 남성의 갱년기.

어느 날이었다. 잔뜩 구겨진 얼굴로 책상을 정리하고 사무실을 나가려는 찰나, 책장에 꽂힌 책 한 권이 눈에 띄었다. 얼마 전 지인이 선물한 파스칼 메르시어 작가의 『리스본행 야간열차』라는 소설책이었는데 계속 처박아두고 있었다. 무슨 이유인지 모르겠지만 다시 자리에 앉아 첫 장을 열었다.

단어, 문장 하나하나가 마치 살아 있는 듯 춤을 추었고, 집에 갈 생각도 잊은 채 이야기 속으로 빠져들었다. 그 순간만큼은 잠시나마 나를 휘감고 있는 무기력에 벗어나 해방감을 느꼈다. 뜻밖의 독서는 나를 회사 근처 독서 모임으로까지 이끌었고, 그렇게 나는 책의 세계에 첫발을 내디뎠다.

독서 모임에 참여한 지 1년쯤 됐을 때 16년 차 베테랑 방송 작가 출신인 박경애 강사님이 진행하는 글쓰기 한 달 특강이 열렸다. 사실 책을 읽을수록 글을 쓰고 싶다는 목마름이 생겼다. 덜컥, 신청 버튼을 눌렀다. 처음엔 간단한 단문으로 시작해서 문장을 만들고 필사도 하다가 마지막엔 에세이 한 편을 완성해서 강사님께 피드백을 받아야 했다.

대학 시절 계절학기 수업 때 발표 불안을 벗어난 일화를 글로 담았다. 잘 쓰고 싶은 욕심이 스멀스멀 차올랐다. 어설픈 미사여구로 글을 포장했다. 합평 시간 때 내 차례가 다가오니 심장 소리가 귓가에서 쿵쾅거리기 시작했다. 떨리는 목소리로 더듬더듬 읽어나갔다. 그런데 마지막 문장을 읽고 난 후 강사님은 심상치 않은 표정으로 말을 꺼냈다.

"글에 재호 씨가 하나도 보이지 않네요. 화려한 문장 하나 없어도 진솔한 글은 그 자체로 마음을 움직여요. 포장하지 말고 그때의 상황과 감정에 집중해서 다시 써보세요."

붉게 달아오른 얼굴로 어디 쥐구멍에라도 숨고 싶었지만 결국 썼던 글 앞에 용기 내 다시 섰다. '댕강', '싹둑' 꾸밈없이 모두 걷어냈다. 있는 그대로의 내 민낯을 드러냈다. 그리고 찾아온 마지막 수업, 강사님이 "이제야 글에서 재호 씨가 보이네요"라고 말하는 순간 뭉클했다. 글은 나를 오롯이 보이는 일이었다. 그러고 나니 마치 상담을 받은 듯 위로가 찾아왔다. 집에 돌아가는 길, 익숙한 풍경이 다르게 다가왔다.

수업이 끝나고도 계속 쓰고픈 열망에 사로잡혔다. '그래 맞아. 개설하고 방치해두었던 블로그가 있었지.' 그날부터 일상을 기록하기 시작했다. 우연히 온라인 매일 글쓰기 프로젝트를 알게 되어 합류했다. 나이, 성별, 지역도 모두 다르지만, 글 안에서 매일 소통하며 오랜 친구 이상으로 가까워졌다. 진정한 의미의 글벗이었다. 그렇게 벌써 5년째 매일 글쓰기를 이어가고 있다.

처음에는 주로 회사 생활을 단순히 기술하는 식으로 글을 썼었는데, 어느 순간 그런 글은 재미가 없음을 느꼈다. 그래서 어설프게나마 묘사나 비유도 해보고, 같은 단어가 반복되면 다르게 써보니 글이 훨씬 풍성해졌다.

소위 '글발'이 오를 즈음, 이전에 글쓰기 수업에 함께 참여했던 몇몇이 박경애 강사님에게 다시 합평 수업을 받아보자고 제안했다. 나는 한 치의 망설임도 없이 긍정의 답을 보냈다. 다들 어찌 그리 내 마음을 잘 아는지.

이번 수업은 '보다', '듣다', '먹다', '걷다' 네 가지 주제로 한 달에 한 편씩 쓰고 합평을 받는 방식으로 진행됐다. 당장이라도 술술 글이 나올 것 같더니 생각보다 쉽지 않았다. 더군다나 똑같은 주제로 글을 쓰니 은근히 다른 사람들도 신경 쓰이고 도저히 진도가 앞으로 나아가지 않았다. '그것 봐. 내가 하지 말자고 했지.' '괜찮아. 고민하면 뭐라도 나올 거야.' 하루에도 몇 번씩 내 안에 천사와 악마가 교차했다.

인고의 시간이 흐른 끝에 마침내 '보다'를 주제로 한 첫 글이 세상에 나왔다. 지금은 대형 아파트 단지가 들어선, 어린 시절의 추억이 고스란히 담긴 주택 골목에 대한 이야기였다. 쓰는 내내 마음이 아렸다. '듣다'는 대학교 2학년 때 우연히 같은 버스를 타게 된 같은 과 4학년 복학생 선배와 이어폰을 나눠 끼고 음악에 취해 '썸'을 탔던 이야기였다. '먹다'는 지금도 떠올리면 군침이 도는, 어릴 때 어머니가 해주었던 '소울푸드' 비지찌개를 묘사하며 써보았다. 마지막 '걷다'는 20대 중반에 제주도로 시집간 누나 집을 방문했다가 새벽에 홀로 한라산을 올랐을 때 만난 그림 같은 설경의 감동을 담아보았다.

처음으로 오감에 집중해 일상적인 글을 쓰기 시작하면서 글쓰기 실력이 늘고, 세상을 바라보는 시선도 넓어졌다. 지금도 그때의 경험을 발판 삼아 꾸준히 일상 글을 쓰는 한편, 때로는 삶을 담은 한 편의 수필을 완성하기도 하고, 나아가 시사성이 있는 기사도 투고한다. 어느새 글과 더불어 나 역시도 성장해나갔다.

고통이 떠나가고 내게 남은 것들

글을 쓴다고 삶이 당장 극적으로 변하지는 않았지만, 하루하루를 들여다보며 의미를 되새겼다. 아침 출근길에 만난 화단 밑의 자그마한 꽃, 아이들이 보여준 사랑스러운 미소, 바쁘게 일하다 잠깐 쉬면서 동료와 마신 따스한 커피까지 글에 담기는 순간 살아갈 힘이 되어주었다.

글을 통해 바라본 나의 삶에는 공허, 무기력, 외로움만 있지 않았다. 기쁨, 환희, 즐거움도 분명히 있었다. 자각하는 순간, 모든 것이 달리 보이기 시작했다. 가치 있는 인생을 살고 있다는 사실에 활력을 되찾았고, 도저히 빠져나올 수 없을 것 같던 갱년기의 늪에서 서서히 헤어 나올 수 있었다.

불과 5년 전만 해도 갱년기와 번아웃 증후군의 늪에 빠져 허우적거리던 평범한 중년 아재에서 이제는 작가와 기자라는 이름으로 왕성하게 활동하고 있다. 최근에는 '번아웃 증후군 극복'을 주제로 기업체 강의를 다녀왔다. 그 시기를 누구보다 진하게 겪었기에 주고픈 메시지가 많았지만 결국 내가 강조한 점은 '글을 써보라'는 것이었다. 글쓰기로 삶을 바꾼 나의 이야기가 누군가의 가슴에 닿아 어둡고 긴 터널을 벗어나길 바라는 마음이다.

고통스러웠던 우울, 무기력, 공허함은 이제 내 삶에 끼어들 틈조차 보이지 않는다. 슬픔을 글에 담아 떠나보내면 그 자리에 기쁨이 떡하니 자리를 잡고, 기쁨을 글에 담아 간직하면 어느새 행복이 빼꼼히 고개를 내민다. 그러니 매일 쓸 수밖에. 나는 오늘도 하루의 소중한 순간을 글에 담아낸다. 내일도, 그리고 모레도 계속 삶을 써 내려갈 것이다.

새로 얻은 이름,
새로 얻은 페르소나

개성 없는 나를 괴롭히던 무의식의 나

학창 시절 나에게는 딱히 별명이랄 게 없었다. 초등학교 때야 남자아이들이 여자아이들 놀려먹는 재미로 입에 붙는 대로 상대방의 성질머리를 돋울 만한 것으로 골라 불렀으니 그것을 별명이라고 할 수도 없겠다(난 그때 '안경잡이'란 소리가 그렇게 싫었다).

'별명이 없다'는 것은 그만큼 '개성이 없다'는 말 같아서 내게 별명을 붙일 만한 매력이 없었나, 돌아보면 좀 서운하긴 하다. 중학생 때, 한 친구가 내가 웃을 때 눈이 새우처럼 가늘게 굽어진다 해서 지어준 '새비('새우'의 경상, 전북 방언)'와 대학 때 과 선배가 같은 이유로 '칼집'이라는 몰상식한 별명을 붙여준 것이

전부다. 이유는 같았지만 두 번째 별명은 듣기 싫었다. 그래서 난 그 선배에게 그의 거대한 몸집을 빗대어 '덩어리'에서 '덩'만 뺀 '어리'라는 별명을 지어주고 '칼집' 눈웃음을 마구 흘려주는 것으로 회심의 복수를 날렸었다.

이렇듯 겉으로는 얌전하고 지극히 평범해 보이는 나였지만 타인에게 보이는 나는 빙산의 일각일 뿐이다. 자기 안에서 꿈틀 대는 '무의식의 나'가 무엇을 원하는 어떤 사람인지 제대로 알 고 있는 사람이 얼마나 있을까.

이 '무의식의 나'는 20대 때 진로와 미래에 대한 불안을 뻥튀 기하더니 30대에 결혼을 하고 아이를 낳자 일과 육아, 살림 중 도대체 잘하는 게 하나라도 있느냐며 내 무능을 부풀렸다. 40대 에 접어드니 남들이 승진을 하거나 재산을 불리거나 명사가 되 는 등 자신의 가치를 업그레이드하는 동안, 오랜 세월 같은 일 을 해오면서 너는 뭘 이뤘느냐며 나를 한없이 쪼그라들게 했다. 그런 내 안의 모든 질문과 타박에 자신 있게 답하지 못하는 스 스로가 못나고 원망스러웠다.

방구석 독서와 영화 감상으로 헛헛한 마음을 달래도 보고 악 기를 배우고 대학원을 다니며 나를 달리 증명해줄 뭔가를 찾아 헤맸다. 그래도 내 안의 나는 이게 정말 네가 원했던 거냐고 끊임없이 물으며 나를 괴롭혔지만….

나를 쓰는 사람으로 인도한 새 이름

그렇게 사십춘기를 맹렬히 통과하던 3년 전, 우연히 어느 블로그에서 '90:9:1 법칙'을 접했다. 이는 덴마크의 인터넷 전문가 제이콥 닐슨(Jakob Nielsen)이 언급한 용어로, 인터넷 이용자의 90퍼센트는 남이 만든 콘텐츠를 관망하며, 9퍼센트는 그것을 재전송이나 댓글로 확산에 기여하고, 1퍼센트만이 콘텐츠를 창출한다는 법칙이다.

그동안 내 마음이 불편했던 이유는 '관망'과 '소비'로 점철된 내 삶에 대한 불만이었다. 겨우 1퍼센트가 생산해낸 것을 소비만 하는 90퍼센트 인간 중 하나이면서 내 처지와 비슷한 사람들과 비교하고 좌절하며 열등감에 빠져 살았다. '더 이상 이렇게 살면 안 된다'는 각성이 몰려왔다. 나도 뭔가 '생산'이라는 것을 해내는 삶을 살아볼 수 있을까, 하는 기대와 열망이 스멀스멀 올라왔다. 그러나 화초 하나 제대로 건사하는 재주도 없는 내가 뭘 생산할 수 있을지 막연하기만 했다.

그때 딸이 자주 하던 말이 퍼뜩 떠올랐다. 초등학교 5학년 때부터 블로그에 뭔가를 끄적거리던 딸이 "엄마, 그렇게 주야장천 책 읽고 영화만 보지 말고 블로그에 리뷰라도 좀 써"라고 얘기한 지 오래였다. 귓등으로 흘려들은 딸의 말에 나의 오랜 고민을 해결할 실마리가 있었다는 사실을 여태껏 모르고 있었다니, 이렇게 아둔할 수가.

너무 오래전 일이라 잊고 산 지 오래지만, 돌이켜보면 나도 30여 년 전, 여고생 때 문예반 동아리에 들어가 글 쓴답시고 똥폼 잡던 시절이 있었다. 문예반에 들어가면 공부를 안 한다고 선생님들이 대놓고 싫은 티를 팍팍 내셨는데도 말이다. 변변한 내 방도 없어 공부는 열심히 안 했어도 좁은 부엌 한편에 기대앉아 매일 책을 읽으며 국어 선생님이 되고 싶다는 꿈을 키웠었다.

아쉽게도 점수에 맞춰 대학 전공을 택하느라 꿈을 접은 후로는 글쓰기와 이별하고 말았다. 꿈이 접히니 글쓰기에 다신 손도 대기 싫었다. 어쭙잖게 손을 대고 있으면 계속 미련이 남을까 봐 '다신 글을 쓰지 않겠다!'라고 마음속으로 '절필 선언'까지 했으니 나도 참 융통성 없기론 일등감이다.

불혹을 훌쩍 넘긴 나이에 뭔가를 쓰는 내 모습이라니. 그림이 잘 그려지지 않았다. 내게 맞지 않다고 의류 수거함에 쑤셔 버렸던 옷을 다시 꺼내 입으려니 온통 구김투성이라 어디서부터

펼치고 다려야 할지 난감한 모양새였다.

그래도 무엇이건 내 안에 씨앗이 심어지면 떡잎 한 장이라도 길러낼 판이 짜이는 법. 내 안에 뭔가 '생산적인' 일을 하고 싶다는 생각이 드니 구겨진 옷이건, 남의 옷이건 가리지 않고 입고 싶은 마음이 생겨났다. 10여 년 전에 개설만 해놓고 손도 대지 않아 긴 동면 중이던 블로그에 다시 생명의 숨을 불어넣기로 했다. 이왕 시작하는 거, '스킨'이라고 하는 배경도 멋지게 꾸미고, 무엇보다 '그럴듯한' 닉네임을 갖고 싶었다.

엄마가 블로그에 뭔가를 남겨보겠다고 하니 딸이 더 신나 했다. 블로그 대문 사진을 골라주고 전체적인 짜임도 알아서 척척 다 봐주니 난 그저 손 안 대고 코 푸는 격이었다. 배경 사진 위에 이름을 얹어야 멋있다며 블로그 닉네임을 뭐로 할 건지 딸이 물었다. 순우리말 중에서 골랐으면 좋겠다는 내 희망 사항에 딸은 예쁜 순우리말들을 찾아주었다. 그렇게 딸과 함께 고른 이름이 '그루잠'이다.

'그루잠'은 '깼다가 다시 드는 잠'이라는 뜻을 가진 말이다. '깼다가 다시 드는 잠'을 나는 얼마나 사랑했던가. 설핏 깼는데 더 잘 수 있는 마음과 시간의 여유. 내내 일과 육아에 치여 살던 일하는 엄마에게 이보다 더 매력적인 말이 있을까. 마음에 쏙 들었다. 새로 얻은 이름으로 글을 썼다. 책을 읽고 나서, 영화를 보고 나서, 사춘기 딸이랑 한판 한 날, 속 썩이던 남편이 갑자기 애잔해지던 날, 안 쓰면 터질 것 같은 감정으로 부글거리는 날… 모두를 핑계 삼아 쓰고 또 썼다.

30여 년 가까이 글쓰기엔 눈길조차 주지 않았다고 생각했었는데, 막상 쓰기 시작하니 그동안 어찌 안 쓰고 살았나 싶을 정도로 매일 자판기를 두드리고 있었다. 기록해야 했기에 허투루 볼 수 없어 책 한 권, 영화 한 편 보는 시간이 이전보다 늘었지만, 블로그에 차곡차곡 쌓여가는 내 글을 보고 있으면 든든하게 배가 불렀다. 복리로 불어나는 적금이라도 붓는 양 부자가 된 듯했다. 새로 얻은 닉네임은 내게 '쓰는 사람'이라는 새로운 페르소나를 만들어 미친 듯이 쓰도록 몰아붙였다.

나를 바로 보는 길

나중에야 알았다. 그렇게 뭔가에 단단히 홀린 듯 블로그와 브런치에 1년 가까이 매일 글쓰기를 하면서 그동안 나를 괴롭혀왔던 잡념들이 확 줄었다는 것을 말이다. 주중에도 퇴근 후 매일같이 책에서 읽은 좋은 문장, 영화에서 본 멋진 대사와 감동적인 장면, 하루 동안 내 시선을 붙들었던 것들을 다시 불러와 내 생각이 빚어낸 언어로 버무리는 데 몰두했다. 하루 중 허투루 소비할 시간이 없었다. 관망과 소비만 하던 90퍼센트의 나는 서서히 확산에 기여하는 9퍼센트를 넘나들면서 때때로 나만이 쓸 수 있는 글을 '생산'해내고 있었다.

언젠가 TV 프로그램에서 '최초', '1호'로 기록된 인물로 우리나라 '최초의 여성 서양화가' 나혜석 편을 방송했다. 당시 『나혜석, 글 쓰는 여자의 탄생』이라는 책을 읽던 중이라 더 눈길이 갔다. 여성으로 무엇인가를 한다는 것이 자유롭지 않던 시대에 직접 말하고 생각하고 글을 쓰고 문제를 제기하며 끊임없이 새로운 삶을 모색했던 나혜석의 삶을 보며 많은 생각이 들었다.

21세기에도 따르기 벅찬 그녀의 삶에서 나도 실천 가능한 것을 찾았다. '스스로 생각하고 글을 쓰며 새로운 삶을 모색하기.' 100년도 더 된 시대를 미리 산 인생 대선배께서 "너도 글을 쓰며 살아. 그게 너를 바로 보는 길이야"라고 말하시는 듯했다.

새 이름을 가졌으니 다시 제2의 꿈을 꾸어본다. '글 쓰는 사람'으로 탄생해보는 건 어떠냐고, 그토록 오랫동안 나를 괴롭히던 내 안의 내게 묻는다. 소심한 마음이 불쑥 고개를 들어 '자격 미달'이라는 답을 보내온다. 그래도 다시 물어본다. 이제 먼저 지치지 않고 '좋다'는 신호가 올 때까지 물어볼 작정이다.

15년 전,
끄적인 메모에서 시작된 이야기

writer
고경애

꿈을 꾸고, 꿈을 이루는 실천의 삶을 살자

"선생님, 지금 하는 일에 대해 강의해주세요. 작가의 삶도 좋고, 지금까지 살아온 이야기를 해주시면 돼요."

글쓰기를 지도하는 교사 모임 '씨앗과나무'에서 강의를 해달라는 제안이 들어왔다. 이 모임에서 용돈 강의는 이미 몇 차례 했기에 이번에는 어떤 주제를 원하는지 궁금했다.

"엄마 작가로 살아가는 이야기요. 작가님이 하고 싶었던 일이고 살아온 역사이니까 그 이야기를 해주세요. 강의가 아주 재밌을 것 같아요."

강의 제안을 받고 무엇을 강의해야 할지 걱정부터 앞섰다.

평상시 강의 자료를 만들 때는 일주일이면 완성하지만, 아이들에게 글쓰기를 가르치는 전문 교사들 앞에서 강의해야 하니 그 부담이 하늘을 찔렀다. 내 경험에서 우러나온 강의 자료도 풍부해야 하지만, 개인의 성장에 도움을 줄 수 있는 감동도 있어야 한다.

나는 강의를 제안받은 날부터 두 달 동안 똥 마려운 강아지처럼 마음이 종종거렸다. 밥을 먹어도, 사람을 만나도, 운전할 때도 내 머릿속은 온통 강의 생각뿐이었다. 강의 날짜는 점점 다가오고 머리는 하얘지고 어떤 강의를 할까 고민하며 책장에 쌓아둔 수첩들을 뒤적이고 있었다.

'어? 이거 뭐지?' 쌓아놓은 책 속에서 찾은 수첩은 족히 열 권이 넘었다. 그중 15년 전 둘째가 태어날 무렵 썼던 노트가 눈에 띄었다. 그냥 낡고 평범한 줄 노트였다. 그곳에는 매달 지출했던 금액이 촘촘히 쓰여 있었고 듬성듬성 육아 일기도 적혀 있었는데, 노트 한편에 적힌 글이 내 눈을 반짝이게 했다.

아이들 낮잠 시간에 '동화요리 교실' 콘텐츠 준비하기
 - 블로그에 육아 일기, 유아 간식 만드는 법 쓰기

아이들 낮잠 시간에 한숨 돌리며 내 미래를 위한 콘텐츠를 준비하자는 나의 다짐이 적혀 있었다. 15년 전 콘텐츠가 무엇인지도 모르던 시절에, 그것도 '나의 미래를 위해' 콘텐츠라는 단어를 사용했다니! 내 눈을 의심할 수밖에 없었다.

이때 나는 동화요리 교실을 꿈꾸며 내 아이들에게 만들어 먹였던 간식을 블로그에 기록했다. 육아와 교육, 일상생활에 대한 아이디어도 생각날 때마다 글로 남겼다. 이런 노력은 강사의 자질을 갖추는 데 기초가 되었고, 양육의 지혜를 쌓아가는 내 성장의 발자취가 되어주었다. 이후 자녀에게 올바른 경제 습관을 심어주는 '용돈 교육' 영역까지 발을 넓혀갔고, 그에 관한 글들도 빠짐없이 기록했다. 그렇게 나의 콘텐츠가 만들어졌다.

아이를 키우는 동안에도 미래에 대해 고민하고 그 고민을 노트에 적어놨다. 써놓은 대로 인생을 살아야 하는 운명처럼, 15년이 지난 지금, 내 콘텐츠인 '용돈'이라는 주제로 책도 쓰고 강의도 하고 학생들을 가르치고 있다. 기적과도 같은 사실을 깨닫고 그 자리에서 꺅 소리를 질렀다. "꿈을 꾸고, 꿈을 이루는 실천의 삶을 살자"라는 말을 입에 달고 다녔던 나로서는 이런 발견이 얼마나 소중한 증거인가? 내 삶을 증명하기에 충분했다.

이뿐만이 아니다. 내 손으로 직접 글을 쓰는 작가가 되고, 책을 쓰기 위한 작업실을 갖고 싶다는 핑크빛 꿈을 촘촘히 적어 내려갔었다. '정말 이루어질까?' 늘 고민하며 반신반의했던 나의 3, 40대 시절에 꿈틀거렸던 꿈이었다. 매달 생활비도 부족해 전전긍긍하던 시기였지만 나의 공간을 마련하여 '동화요리 교실'도 운영하고, 책을 쓰기 위한 작업실로 사용할 수 있는 공간에 대한 로망이 어느새 꿈이 되어 있었다.

오전 내내 아이와 신나게 놀고 난 자리를 정리할 때면 전쟁터가 따로 없다고 생각하다가도, 10년 후의 내 모습을 떠올리며 낮잠 자는 아이의 얼굴을 보고 있으면 행복이라는 단어가 스멀스멀 올라왔다. 지금 생각하면 먹을 것, 입을 것, 쓸 것 하나라도 아껴야 했던 궁한 살림에도 최선을 다하며 혹독하게 살았던 그 시절 나에게 엎드려 절하고 싶은 심정이다.

손에 잡히는 결과물이 없어서 무의미하게 느껴졌던 때였지만, 꿈과 소망이 있었기에 살아낼 수 있었다. 수없이 시도하고 반복했던 지난날이 떠오른다. 일기가 되었든 가계부가 되었든 떠오르는 대로 노트에 써 내려갔던 것이 지금의 나를 있게 한 보물이 되었다. 글 쓰며 강의도 하고, 나만의 공간을 만들어 아이들을 가르치고 싶었던 꿈을 이미 넘치게 이루었다.

얼마 전, '올바른 용돈 사용'을 주제로 강연을 했다. 이날 강연이 열렸던 드림키즈 빌리지는 내가 오랫동안 다녔던 교회의 커뮤니티 공간이다. 나의 오랜 지인들이 자리를 빛내주었다. 함께 아이를 키우며 서로의 버팀목이 되어준 사이이다. 엄마를 울고 웃기던 그 아기들이 어느새 초등학생, 중학생이 되어 아주 똘똘한 눈망울로 내 강연을 바라보고 있으니 만감이 교체했다.

그중 한 엄마가 내 강의를 들으며 지난 시간이 파노라마처럼 떠오른다며 눈물을 훔치셨다. 어떤 의미의 눈물인지 조심스레 물어보니 '나도 꿈이 있었는데…' 하는 아쉬움이 들었다고 한다. 또 과거에 내가 그녀와 같이 기도했던 일을 현실로 이룬 내 모습을 보고 있으니 대단하다는 생각이 들었다며, 자신도 앞으로 무엇을 해야 할지 고민해봐야겠다고 꼭 맞잡은 손을 놓지 못하고 한참 이야기를 나누었다.

이처럼 지금은 '꿈 전도사'가 되어 누구나 꿈을 꿀 수 있고, 그 꿈에 대해 혼자 읊조리든 낙서하듯 끼적이든 생각을 행동으로 옮긴 사람은 반드시 꿈을 이룬다고 말하고 다닌다.

당신이 오늘 해야 할 일

원하는 꿈과 소망을 매일 상상하며 한 발씩 다가가보자. 상상하면 상상할수록 꿈에 도달할 수 있는 새로운 방법이 생각나고, 하나씩 실천하다 보면 어느새 마법처럼 꿈을 이룬 자신의 모습을 보게 된다. 지금 글을 써야 하는 이유를 모른다고 할지라도 노트에 꿈과 소망을 적어보자. 노트를 찾기 어렵다면 지금 읽고 있는 책이나 스마트폰 메모장에 적어도 좋다. 그것이 글을 써야 하는 이유를 발견하는 시작점이 된다. 나는 오래전 『이지성의 꿈꾸는 다락방』을 읽다가 책 구석에 이렇게 써놓았다.

1. 리뷰가 수십 개 붙은 책 출간
2. 하얀 전원주택의 잔디 마당에서 들려오는 아이들의 행복한 웃음소리
3. 사랑하는 사람들과 즐겁게 노래하고 그림 그리고 요리하며 파티 하는 모습

책을 읽으며 상상했을 뿐인데 글을 꾸준히 쓰다 보니 책을 출간하게 되었다. 독자의 리뷰를 읽으며 꿈인지 생시인지 허벅지를 꼬집어보기도 한다. 하얀 전원주택에서 살며 아이들은 다시 돌아오지 않을 소중한 어린 시절에 마음껏 뛰어놀고, 자연을 체험하며 돈으로 살 수 없는 소중한 추억을 선물받았다.

이 모든 변화는 15년 전 미래를 상상하며 적어놓았던 작은 메모에서 시작되었다. 이게 어쩌면 이 책을 읽고 있는 당신이 글을 써야 하는 이유가 아닐까? 내가 이루고자 하는 꿈을 기록

하고, 그 꿈에 한 걸음 다가가기 위해 오늘 할 일은 무엇일까? 지금 머릿속에 떠오르는 생각을 하나씩 행동으로 옮겨보자. 당신이 원하는 꿈이 현실이 될 날이 아주 가까이에서 기다리고 있을 것이다.

글쓰기가
제일 싫었다

언제부터 글쓰기가 싫었을까

과거의 어렴풋한 기억들을 헤집어보면 그 속에 강렬하게 각인된 한 조각의 기억이 있다. 그 기억은 중학교의 한 교실에서 시작되었다. 수업 종이 울림과 동시에 교실에 들어오신 선생님은 분필을 집어 들더니 칠판에 천천히 한 자 한 자 적기 시작하셨다.

독후감 대회

이날만은 오지 않기를 바랐건만…. 글쓰기에는 전혀 재능이 없었기에 시작도 하기 전에 미리 망신당할 걱정부터 했다. 독후감을 쓰는 데 고작 세 시간밖에 주어지지 않았었다. 누군가에게는 충분할 수도 있지만 내게는 턱없이 부족한 시간이었다.

'적당히 요약만 잘해도 반은 가겠지? 아냐… 그래도 높은 점수를 받으려면 내 생각이 들어가야 할 텐데….' 선생님은 독후감을 잘 쓴 학생에게 상을 줄 것이며 독후감 점수는 국어 수행평가 점수로 반영될 것이라 말씀하셨다. 당연히 수상은 기대도 안 했지만 수행평가 점수만큼은 꽤 중요했다. 당시 나는 특목고 입시를 준비하고 있었기에 내신 점수를 필사적으로 관리해야 했다. 영혼이라도 팔 수 있다면 수행평가 점수와 맞바꾸고도 남을 만큼 성적에 예민한 시절이었다. 이런 마음이니 어디 과제나 숙제가 성장의 도구로 느껴졌을까? 그저 점수를 잘 받기 위한 수단에 불과했다.

글쓰기라는 과정을 통해서 얻어야 할 효용이나 의미는 퇴색된 지 오래였다. 그 빈자리는 부담감과 압박감으로 채워져 있었다. 당장 여유 부릴 시간도 없었다. 앞에 놓인 책 중에서 내게 그나마 잘 맞아 보이는 것을 고른 후 부단히 독후감을 써야 했다. 처음에는 적당히 얇은 책을 집어 들었다. 하지만, 곧 내적 갈등이 시작되었다. '이걸로 좋은 점수를 받을 수 있을까? 어려운 책을 고르면 점수를 더 잘 받지 않을까?'

고민 끝에 겁도 없이 리처드 도킨스의 『이기적 유전자 The

Selfish Gene』를 집어 들었으나, 호기로운 모습은 오래가지 못했다. 시간이 지나도 책장이 넘어갈 기미가 전혀 보이지 않았다. 그렇게 한 시간을 넘게 잡고 있었더니 되돌리기에도 이미 늦어버렸다. 남들은 벌써 부랴부랴 글을 쓰고 있는데 내 원고지는 여전히 깨끗했다. 마음은 초조해졌고 글은 더 이상 눈에 들어오지 않았다.

'에라 모르겠다.' 책을 덮었다. 그리고 목차와 본문을 왔다 갔다 하면서 각 장의 서론만 요약했고 말을 지어내기 시작했다. 하지만 이 방법도 오래가지 못했고 제풀에 지쳐버렸다. 스스로 한심하다는 생각이 강하게 들어 원고지를 다 채우지 못한 채 제출했다. 당연히 최하점을 받았다. 이 사건은 계속 트라우마로 자리 잡아 한동안 글쓰기 시험에서 맥을 못 추었다.

이과생은 글을 잘 쓰지 않아도 괜찮아

내가 쓴 글을 누군가가 읽으면 부끄러움과 수치심이 들었다. 속마음을 읽히는 기분이었다. 그 기분은 알몸으로 거리를 걷는 것과 다를 바 없다고 생각했다. 그래서 글을 쓸 때는 내 생각을 최대한 감추려고 애썼고, 누구도 토를 달지 못하도록 사실에 근거

한 내용만 작성하려고 노력했다.

'글쓰기 포비아'는 대학을 이과로 전과하여 입학하면서 조금씩 사라졌다. 이과 친구들 사이에서는 글을 좀 못 쓰거나 글쓰기를 싫어해도 괜찮았다. 이공계에서 요구하는 글쓰기는 상대적으로 개인의 생각보다는 사실과 이론, 그리고 정형화된 해석 중심이었다. 암기와 풀이만 잘해도 '잘 썼다'라는 평을 얻을 수 있었다. 이과에 오길 참 잘했다 싶었다. 딱딱한 이과생으로 계속 살아간다면 앞으로 글쓰기와 친해질 필요가 없으리라 안심했다.

막상 취업을 하고 나니 이런 생각도 큰 착각이라는 것을 깨달았다. 모든 업무는 계획서에서 시작해 보고서로 마무리되었다. 특히 내가 맡은 연구 기획 업무의 대부분은 기획서 작성이었다. 보고서나 계획서를 '잘 썼다'라는 기준은 상대적이어서 똑같은 보고서라도 어떤 상사에게는 칭찬을 받았다면 다른 상사에게는 비난을 받기도 했다. 그래서 매번 바뀌는 상사의 입맛에 맞춘 글을 작성해야만 했다.

또다시 나는 평가를 위한 글을 쓰며 살고 있었다. 이렇듯 서른이 되도록 글쓰기와는 도무지 친해질 기회가 없었다. 어쩌면 당연했다. 한 번도 '나를 위한 글쓰기'를 해보지 않았으니까.

변화하려면 안 하던 일을 해야 한다

글쓰기와 나 사이에는 견고한 벽이 있었다. 벽에 금이 가기 시작한 것은 서른 무렵 찾아온 무기력증 때문이었다. 신약개발팀장 3년 차로 근무하던 당시, 야근을 밥 먹듯이 했다. 아홉 시 이후에 퇴근하는 것은 일상이었고, 심한 날은 새벽 두 시까지 회사에 남아 있기도 했다.

신약 개발은 결코 단기간에 성과를 낼 수 없는 분야였다. 아무리 의욕을 가지고 몰입하더라도 빨리 끝낼 수 있는 일이 아니었고, 시간이 지나면 육체적으로나 정신적으로 탈진해버리는 시기가 찾아오기 마련이었다. 게다가 젊은 나이에 팀장 직책을 맡았다는 부담감이 컸고, 반드시 성과를 내야 한다는 책임감은 스스로를 더욱 채찍질했다.

나도 모르는 사이 속에서 곪고 있던 염증이 폭발하였다. 나는 더 이상 삶의 의미를 찾기가 어려운 상태가 되었고, 어떤 재미난 것도 손에 잘 잡히지 않았다. 주말에 무작정 쉬거나 재밌는 드라마나 영화를 봐도, 유튜브를 시청해도, 게임을 해도 그저 일시적인 즐거움만 얻을 뿐, 처진 기운은 살아날 기미가 보이지 않았다. 그렇게 몇 달을 영혼을 잃은 채 지냈다.

"삶의 변화를 원한다면 지금까지 해보지 않았던 것을 해보면 어떨까?"

오랜만에 연락이 닿은 친구가 내 이야기에 이런 조언을 해 주었다. 그 후로 내가 가장 하지 않았던, 싫어했던 것이 무엇일지 곰곰이 생각했다. 그래, 바로 글쓰기였다. '정말 글쓰기를 해 볼까?' 그렇게 나는 가장 싫어했던 일을 가장 힘든 시기에 아주 쉽게 시작하게 되었다.

매일 퇴근 후, 컴퓨터 앞에 앉아 무작정 글을 썼다. 정해진 주제는 딱히 없었다. 세 살 때부터 서른 살까지 머릿속과 마음속에 자리 잡고 있던 기억들을 시간 순서대로 써 내려갔다. 하루도 빠짐없이 한 달을 꾸준하게 작성했다. 그렇게 52쪽 정도의 글이 채워졌다.

중요한 것은 분량이 아니었다. 살면서 처음으로 '나를 위한 글'을 쓰면서 새로운 경험을 하게 되었다. 글을 쓰면서 무아지경의 상태를 느껴보았고, 눈물도 흘려보았다. 두 가지 모두 내겐 무척 낯선 일이었다. 혹시 내 마음이 고장 난 것일까? 혼란스러웠다.

어느 정도 시간이 지난 후에야 그것이 '현재의 나'가 '과거의 나'를 위로하는 순간이었다는 것을 깨달았다. 이미 지난 과거라고 생각했는데 마음속에는 풀리지 않았던 매듭들이 남아 있었다. 어린 시절에는 풀 수 없어 감춰둔 문제를 다시 찾아내어 바르게 풀어낸 것이다. 그것은 슬픔이 아니라 해소 혹은 위로에 가까웠다. 그제야 감정에 더 솔직해지고 내 상태를 알 수 있었다. 이게 바로 자아 탐색 혹은 자아 성찰 과정이 아닐까?

'나를 위한 글쓰기'는 나를 알아가는 다양한 도구 중 하나이자, 지나온 삶을 사유하며 진정 바라는 것을 깨우치게 해주는 가장 효과적인 수단이다. 글쓰기는 온전히 자신에게 집중하고 몰입할 수 있는 무형의 시공간을 만들어준다. 그 속에서 자신과 나눈 대화들은 삶을 치유하고 삶에 변화를 줄 만큼 거대한 위력을 가지고 있다. 그 끝에 나는 생각했다. '누군가에게 내가 경험한 것을 알려주고 싶다.'

마흔여섯,
오랫동안 풀지 못했던 숙제를 풀다

writer
강성화

마음의 감옥에서 벗어나다

"언니보다 낫다. 늦게 피는 꽃이 아름답다더니 정말 그러네. 그래, 좋아하는 일 하면서 행복하게 사는 게 최고지!"

전화기 너머에서 들려오는 엄마의 말에 가던 걸음을 멈추었다. 대학원 수업이 있어 강의실로 가던 중이었는데 순간 내 귀를 의심했다. 살면서 엄마에게 그런 얘기를 들을 거라곤 단 한 번도 상상하지 못했었다.

감정을 다스리기가 쉽지 않아 깊은 숨을 들이마셨지만 아무런 소용이 없었다. 금세 눈시울이 붉어지고 말았다. 떨리는 목소리가 전해질까 봐 곧 수업이 시작한다는 말로 급히 통화를 마쳤다. 사람들이 오가는 곳이라 혹여 누가 볼까 봐 이를 꽉 물고 있었지만 의지와는 상관없이 눈물이 볼을 타고 흘러내렸다. 엄마 나이 여든하나, 내 나이 마흔여섯. 엄마의 유방암 소견을 전해 들은 직후였다.

어린 시절 나의 장래희망은 초등 교사였다. 유난히 나를 챙기고 예뻐해줬던 열 살 터울인 둘째 언니의 영향이었다. 적당히 공부를 잘했으니 언니처럼 선생님이 될 거라 믿어 의심치 않았는데, 지원했던 교대에 모두 떨어지고 말았다. 눈앞이 캄캄했다. 한 가지 길밖에 생각해보지 않았기에 그 충격은 클 수밖에 없었다.

아무 대책 없이 넋 놓고 있는 내가 걱정되어 친구가 찾아왔고, 자신이 지원한 대학의 같은 과에 대신 원서를 작성해 제출했다. 그렇게 시작한 대학 생활이 좋을 리 없었다. 높았던 자존감은 바닥을 쳤다. 시계추처럼 집과 학교, 졸업 후에는 집과 직장만을 오가는 생활을 반복했다. 가뜩이나 없던 말수는 더욱 줄었고, 그런 나를 두고 엄마는 꼭 주워 온 아이처럼 말이 없다고 하셨다. 힘들어도 말로 표현하지 않는 딸을 바라보는 당신의 마음도 편할 리 없으셨을 것이다.

스스로 만든 마음의 감옥에서 벗어나는 일은 쉽지 않았다. 그까짓 대학이 뭐 대수라고 이러고 있는 것인지 머리로는 잘 알면서도 가슴은 함께 움직이지 않았다. 인생에 있어 아직 갈피를 잡기 어려운 청춘에겐 참으로 힘든 일일 수밖에 없었다.

그 시절 중심을 잡지 못하고 이리저리 흔들리던 나를 위로해주었던 것은 바로 음악과 책이었다. 다행히 사람으로 채우지 못했던 것을 그것들이 채워주었다. 듣고 또 들었고, 읽고 또 읽었다. 그러는 사이 조금씩 마음의 주름이 펴졌고, 웃음이 부재 중이던 얼굴에도 따스한 봄이 찾아오기 시작했다. 방황의 시간이 길었던 만큼 마음의 근육은 더욱 단단해졌다.

그러던 20대 후반의 어느 날, 우연한 계기로 온라인 카페에 글을 쓰기 시작했다. 어쩌다 일기를 쓰는 것 이외에 제대로 된 글쓰기를 해본 적이 없으니 글 솜씨라는 것이 있을 리 만무했다. 그저 나의 하루, 일상에서 만난 사람과 사건, 그 안에서 보고 느끼고 배웠던 것에 대한 생각을 담은 평범한 글일 뿐이었다.

그런데 그 글들이 카페 메인 베스트 게시물에 종종 올랐고, 내 글에 댓글을 다는 사람들이 점점 늘어났다. 무언가 특별하지 않아도 사람들이 내 이야기에 귀를 기울이고 공감해주었다. 일상에서 일어나는 소소한 이야기를 긍정적인 시선으로 잔잔하게 풀어놓은 나의 글에 사람들은 마음이 편해지고 따뜻해진다고 했다. 그렇게 시작한 글쓰기에 재미를 느끼다 보니 좋아지는 것은 당연한 일이다.

단순히 듣고 읽기만 하던 일상에 쓰기가 더해지니 놀라운 변화가 일어났다. 나를 중심에 두고 삶을 생각하는 시간이 늘어나다 보니 정신이 강해져 사소한 일에도 잘 흔들리지 않게 되었다. 집 나갔던 자존심도 슬며시 다시 돌아왔고, 혼자서 보내던 시간들은 사람들과 함께하는 시간으로 조금씩 채워졌다.

힘들었던 지난 시간을 글로 쓰는 순간, 그건 극복해야 할 어떤 사건이 아니라 소중한 내 삶의 일부이자 또 하나의 글감이 되었다. 흔들리며 방황했던 지난 청춘의 삶, 스토리가 있는 내 인생을 비로소 아끼고 사랑하게 되었다. 내 안에만 머물던 시선은 조금씩 세상과 타인에게로 향했고, 마침내 오랜 시간 마음의 감옥에 갇혀 있던 아이도 세상 밖으로 나올 수 있었다.

글을 쓰지 않았다면 일어나지 않았을 기적

어느 순간 나는 주변 사람들에게 '읽고 쓰는 사람'으로 각인되었고, 그것들은 때론 나의 결핍을 채워주기도 했고 때론 나의 배경이 되어주었다. 글쓰기는 내 삶에 있어 단순한 재미와 취미를 넘어 하나의 큰 의미가 되었다. 먼 길 돌아 제자리를 찾은 삶에 만족했고, 더할 나위 없이 행복했다. 하지만 딱 하나 마음에 걸리는 존재가 있었다. 바로 엄마였다. 사랑하는 나의 엄마.

지난날의 내가 그러했듯 엄마는 언니처럼 선생님이 되지 못한 막내딸을 보며 두고두고 아쉬워했다. 다섯 남매 키우며 먹고사느라 바빠 잘 챙겨주지 못한 미안함, 좀 더 안정되고 편안한 삶을 살았으면 하는 걱정 때문이었을 것이다. 이제는 뭐라도 해줄 수 있는데 자식들이 이미 다 커버렸다고 안타까운 눈으로 말씀하셨다.

그저 주어진 삶에 감사하며 열심히 잘 살아가는 것이 내가할 수 있는 전부였다. 지난 직장에서 입사 4년 차에 능력을 인정받아 최연소 관리자가 되고, 결혼 전 청약에 당첨된 아파트를 혼자 장만할 수 있을 정도로 많은 돈을 모아도 마찬가지였다. 엄마의 걱정은 곧 사랑이라는 것을 잘 알고 있지만 오랫동안 꼬리표처럼 따라다니는 그 마음은 어쩔 도리가 없었다. 그런데 전혀 생각지도 못한 일로 마음의 짐을 덜어드리게 되었다.

에세이 출간 후 좋은 일들이 많았고, 모교에서 특강 초청까지 받게 되는 행운이 있었다. 뜻밖의 소식에 엄마는 무척 기뻐했고, 주변 사람들에게 책을 사서 선물하라고 용돈까지 보내주셨다. 평소 감정 표현을 몹시 아끼던 엄마가 보내주신 20만 원은 단순한 돈이 아니라 그 이상의 특별한 가치였다. 게다가 좋아하는 일 하면서 행복하게 사는 것이 최고라는 말까지 하셨다. 언니보다 낫다는 말과 함께. 그건 안심과 인정의 표현이자 내겐 더 이상 바랄 것 없는 찬사였다.

지독한 병마와의 싸움을 막 시작한 고령의 엄마의 얼굴에는 늦둥이 막내를 향한 걱정 대신 웃음이 자리하고 있었다. 형언할 수 없는 감정에 하염없이 뜨거운 눈물이 흘렀고, 강의실로 향하는 복도에서 한참 동안 그렇게 가만히 서 있었다.

내 나이 마흔여섯, 오랫동안 풀지 못했던 숙제를 마친 기분이었다. 그것도 인생에 있어 가장 절실한 타이밍에. 그렇게 다른 무엇으로도 대신할 수 없던 자리를 글쓰기가 채워주었다. 쓰지 않았다면 상상조차 할 수 없는 기적 같은 일이었다. 글쓰기가 준 가장 큰 선물이자 내 생애 잊지 못할 순간이다.

글로 옮기지 못할 삶은 없다

"당신 글을 읽으면 『좋은 생각』을 읽는 것 같아요."

때론 부족한 필력에 주눅 들고 한계를 느끼며 고민하는 아내를 위해 남편이 해준 응원의 말이다. 생각해보면 내가 쓴 글에 대해 가장 많이 듣는 말이 '따뜻하다'였다. 나 역시 평범한 사람들이 살아가는 따뜻한 이야기를 가장 좋아하고, 그 안에서 많은 것을 배우고 깨달음을 얻는다.

비록 글을 잘 쓰는 능력은 없지만 '내가 할 수 있는 이야기를 나만의 방식으로 가장 나답게 하자!'라는 생각이 들었다. 그러다 보면 언젠가 평범함 속 따뜻함이 나만의 경쟁력이 될 수 있으리란 믿음으로 스스로를 위안했다.

글로 옮기지 못할 삶은 없다. 특별하고 대단한 삶이라 쓸 가치가 있는 것이 아니다. 모든 생명이 고귀하듯 모든 삶은 의미 있다. 매일의 평범한 일상을 글로 남기다 보면 어느 순간 특별한 삶이 될 수 있다. 나의 삶이 그랬듯 당신의 삶 또한 그러하다.

글 쓰는 일은 여전히 어렵고 글 한 편을 완성하는 속도 또한 더디기만 하다. 그럼에도 글을 쓰지 말아야 할 아흔아홉 가지 이유보다 써야 할 한 가지 이유를 먼저 생각한다. 글쓰기는 지금의 나를 있게 하고 평생 간직할 수많은 스토리들을 안겨준 내 생애 최고의 선물이다. 글쓰기와 함께하는 앞으로의 삶이 기대되는 까닭이다.

온전히 나로서
브랜드가 되고 싶었다

writer
유미애

내 이름으로 된 책을 가지고 싶었던 이유

일이 어느 정도 자리를 잡아가자 내 이름으로 된 책을 가지고 싶다는 꿈이 생겼다. 자기 분야에 성공한 전문가는 모두 자기 이름으로 된 책 한 권씩은 내지 않았던가. 나도 내 분야에서 전문가가 되고 싶었다. '유미애' 내 이름 앞에 '부모 교육 전문가'라는 수식어가 자연스럽게 떠오르기를 바라며 온전히 나로서 브랜드가 되고 싶었다.

　나는 부모, 자녀 간의 원만한 관계를 위한 강연을 많이 해왔다. 특히 부모 교육 중 교육청 소속 wee센터에서 학교폭력 가해자 보호자 교육과 법원 보호자 교육을 꾸준히 진행해왔다. 청

소년들이 학교폭력 가해자가 되거나 비행을 저질렀을 때 부모들이 들어야 하는 의무 교육이다. 부모와 자녀가 제대로 소통하지 못하여 고통 속에서 몸부림치며 힘들게 살아가는 가족들을 자주 만나다 보니 '부모와 자녀가 행복하게 소통하는 방법'에 대한 책을 출간하면 부모 교육 전문가로서 퍼스널 브랜딩이 될 것 같았다.

그때부터 책을 쓰기 위한 글쓰기를 시작했다. 글쓰기 비법을 알려주는 책들을 섭렵했고 밤낮으로 글쓰기 연습을 하면서 내 이름으로 된 책을 내야겠다는 꿈을 키워갔다. 하지만 글쓰기는 만만한 일이 아니었다. 내가 원하던 때에 바로 출간하는 꿈을 이루기 힘들었다. 그 이유를 알고 있었으나 극복하지 못했다. 작가가 되고 싶은 사람들이 그 뜻을 이루지 못하는 이유는 자신이 가장 잘 알고 있을 것이다.

나의 이유는 딱 한 가지였다. 글을 잘 써서 잘 팔리는 책을 출간하고 싶었으나 마음처럼 글이 잘 써지지 않았다. 글쓰기 재능을 타고난 사람도 아니었고 학교 다닐 때부터 지금까지 글을 써 본 경험도 많지 않았다. 학생 때 가끔 끼적이던 일기와 학위 논문, 프로그램 기획서 정도만 썼던 사람이 갑자기 책을 쓴다고 덤비니 잘 써질 리가 없었다. 나의 부족함을 깨닫지 못하고 돈이 되는 책을 쓰겠다고 하니 늘 미완성인 채로 끝났다.

책 쓰기를 위한 글쓰기를 포기한 채 지내다 3년 전 다시 글쓰기를 시작했다. 코로나19 바이러스로 강연 일정이 대부분 취소되어 몇 개월 동안 거의 일을 하지 못한 채 꼼짝없이 집 안에 갇혔을 때 많은 생각들이 스쳐 지나갔다. '앞으로 이 상황이 계속되면 어쩌지? 직업을 바꿔야 하나?' 한두 달이면 끝날 줄 알았던 상황이 지속되자 내 직업에 대한 불안감이 생겼다. 그 마음을 달래기 위해 무엇이라도 해야 했다.

방치되어 있던 블로그를 다시 열고 글을 쓰기 시작했다. 그 시작은 가벼운 일기였는데 나의 글에 공감과 댓글을 달아주는 친구들이 생겼다. 글을 통해서 서로의 삶에 조금씩 관심을 두게 되고 비록 온라인이지만 서로 소통하는 공간에서 위로와 재미를 느꼈다. 그 재미에 내가 먹고 입고 사는 이야기와 나의 행동과 생각 등 삶의 모든 것을 기록했다.

나를 한 번도 본 적 없는 타인에게 날 것의 나를 공개했다. 타인의 삶에 관심도 없었고 타인이 내 삶에 관심을 보이는 것은 더 싫어했는데, 그 공간에서만큼은 스스로 속을 다 드러내 보였다. 글을 쓸 때만큼은 불안한 감정이 공간 이동을 한 듯 평온한 상태가 되었으며 그 매력에 빠져 글쓰기에 완전히 몰입했다.

어느 날 아침 전화 한 통을 받았다.

"안녕하세요? 블로그에 전화번호가 적혀 있어서 전화드렸어요. 저는 A 가수의 팬입니다. 우리 가수에 대해 잘 적어주셔서 너무너무 감사합니다. 앞으로도 잘 부탁합니다."

의정부에서 공무원 생활을 한다고 밝힌 그녀의 목소리는 기쁨에 차 있었고 진심으로 감사해하는 마음이 느껴졌다. 무슨 일인지 궁금해서 블로그를 열었더니 호떡집에 불난 상황이 벌어져 있었다. 하룻밤 사이에 수천 명의 방문자가 다녀갔고 공감과 감사의 글이 줄을 이었다.

가요 경연 프로그램에 나온 한 참가자의 노래를 듣고 블로그에 소감을 적었는데, 한 분이 그 글을 팬카페에 공유하여 팬들 사이에서 화제가 된 상황이었다. 이후로도 그 가수에 관한 글을 써달라는 요청이 쇄도했다. 노래도 잘 부르고 칭찬할 거리가 이미 넘쳤던 가수라서 그리 어려운 일도 아니었다. 내가 경연 방송이 끝날 때마다 글을 쓰면 팬들은 바로 달려와 환호했다. 나의 글을 기다려주는 구독자가 생긴 첫 경험이었고 글쓰기의 힘을 실감하게 된 사건이기도 했다.

낚시꾼들이 손맛 때문에 낚시의 유혹을 떨치지 못한다고 한다. 물고기가 미끼를 물 때 손으로 전해지는 그 감촉은 알지 못하지만, 나의 글에 반응하는 구독자의 관심은 내 심장을 짜릿하게 만들었다. 낚시꾼들의 손맛이 바로 이 느낌이 아닐까. 글맛! 그 이전에는 절대 몰랐던 이 느낌을 지금까지 이어가고 싶었다.

블로그로 완성한 퍼스널브랜딩

이 일은 내 블로그를 활성화시키는 계기가 되었다. 당시 짧은 기간에 블로그 누적 방문자 수가 100만 명을 기록했다. 폭발적인 방문자 수를 기록하는 날이 늘자 이제 글을 쓰기만 하면 상단에 노출되는 최적화 블로그가 되었다. 한마디로 '생생하게 살아 움직이는' 블로그로 성장했다. 이 기회를 나의 본업과 빠르게 연계하기 위해서 블로그를 다시 정비했다.

블로그 첫 화면에 전문 강연자다운 프로필 사진과 이력, 강연 분야, 전화번호가 잘 보이도록 디자인해서 나를 필요로 하는 분들이 바로 연락할 수 있게 했다. 강연 후기는 더 진솔하고 충실히 썼고, 제목과 해시태그를 달 때도 블로그 노출이 될 수 있게 고민하면서 썼다. 블로그 첫 화면을 열었을 때는 강연 후기가 맨 위쪽에 보이도록 배치했다. 내가 어떤 분야에서 강의하는 사람인지 자세히 적어서 한 눈에 알 수 있게 만들었다. 그렇게 내가 노력한 만큼 나를 찾는 사람은 늘어났다.

내 강연 주제인 부모 교육, 리더십 교육, 인성 교육 등의 강연 후기는 대부분 블로그 상위권에 진입해 있다. 지금도 바로 네이버에 '학교폭력 가해자 보호자 교육'이라고 검색해보면 많은 블로그 게시물 중 내 글이 가장 먼저 나온다. 강연 기획자들은 그 글들을 읽고 연락한다. 위로와 재미로 쓰기 시작했던 글쓰기는 나의 일과 직결되어 안정적인 수입과 미래에 대한 희망을 안겨줬다. 단지 글을 썼을 뿐인데 말이다.

처음 블로그 글쓰기를 시작하시는 분들을 위해 '꿀팁'을 준다면 주제 선정에 따라 두 가지 선택권이 있다. 첫째는 인플루언서가 되고 싶다면 자신이 관심 있는 한 가지 주제에 대해 지속적인 글쓰기를 해야 한다. 둘째는 자신의 흔적을 꾸준히 기록하는 방법이다. 나는 두 번째 방법을 선택했다. 내가 중요하게 생각하는 강연 후기와 나의 발자취를 꾸밈없이 꾸준히 남겼다.

블로그 알고리즘을 정확하게 아는 사람은 드물다. 알고리즘이 수시로 변하기 때문이다. 그래서 변하지 않는 것에 집중해야 한다. 나의 경험상 꾸준한 글쓰기는 기본이고 노출이 될 만한 키워드와 해시태그, 블로그 이웃들과의 상호작용, 이 세 가지에 집중한다면 최적화 블로그가 될 수 있다고 장담한다.

이 글을 읽고 글을 쓰고 싶은 충동을 느꼈다면 지금 당장 컴퓨터 앞에 앉아서 전원을 켜라. 그리고 써라. 당신이 원하는 삶이 기다리고 있을 것이다.

시간 거지에서
시간 부자로

writer
염혜진

새벽 글쓰기, 나를 발견하는 시간

"늦었다!"

아침에 미친 듯이 출근 준비를 마친 다음 아이들을 깨우고 아침 돌보미 선생님께 아이들을 부탁한 뒤 집을 나선다. 회사 일을 마치면 퇴근길에 어린이집에서 아이들을 데리고 와 저녁을 먹이고 씻기고 집안일까지 하고 나면 하루가 끝난다. 나에게 아이들을 낳고부터의 일상이란, 그저 정신없는 한바탕 전쟁이었다. 종전할 기미가 보이지 않는 전쟁…. 시간은 늘 부족하고 마음은 100미터 뜀박질하듯 조급했다.

회사에서는 연이어 사람들이 관두는 바람에 남은 직원들끼리 해당 업무를 나눠서 해야 했고, 피곤한 몸을 이끌고 집에 왔을 때는 아이들과 저녁 한 끼 먹는 일도 힘에 부쳤다. 심지어 새로 이사 온 이웃은 지나치게 예민했다. 아이들이 걷기만 해도 뛰어다닌다며 시도 때도 없이 전화를 걸고, 배관을 치며 더 큰 소음을 만들어내는 통에 나의 스트레스는 극에 달했다. 좋은 직업, 편안한 삶으로 보이는 겉과 달리, 속은 곪아서 누가 치면 금방이라도 톡 터질 것 같은 날들의 반복이었다.

유난히 힘들고 지쳤던 어느 날 밤, 아이들을 재우려고 누웠다가 더는 이렇게 살기 싫다는 생각이 들었다. 문득 「선녀와 나무꾼」에 나오는 선녀가 떠올랐다. 양팔에 아이들 하나씩 끼고 마치 선녀가 된 것처럼 우리 집 6층 베란다에서 뛰어내린다면 더는 고통도 없고 근심도 없는 하늘나라로 갈 수 있을까….

내가 무슨 짓을 하려고 한 거지, 누워 있는 두 아이를 보며 금세 정신을 차렸다. 눈물이 멈추지 않았다.

"더는 이렇게 살고 싶지 않아. 이제 나를 바꾸고 싶어."

나의 가장 큰 문제는 나만을 위한 시간이 없다는 것이었다. 그날 이후 평소 기상 시각보다 5분 일찍 알람을 맞춰 새벽에 일어나기 시작했다. 아무도 깨지 않은 아침. 조용한 방에 가만히만 있어도 마음이 너무 편안했다. 새벽 기상 시각을 점차 늘려

30분의 여유가 생기자 뭔가가 내 안에서 올라왔다.

나를 알고 싶었다. 나는 뭘 좋아하는지, 어떤 행동을 하고 싶은지, 내가 즐겨 듣는 음악은 무엇인지 까맣게 잊고 살았다. 나를 모르니 남한테 맞춰 살며 극심한 스트레스를 받았고, 힘든 일이 있어도 남들이 좋다는 것을 따라 했다. 스트레스 관리에 도움이 되지 않는 방법들이었다. 그래서 쓰기 시작했다. 나를 발견하기 위해서.

2019년 3월 21일 <나에 대해 알아가기>
체력이 저질이라 조금만 움직여도 피곤하다.
청소를 하면 스트레스가 풀린다.
혹은 청소를 하면서 마음을 정리한다.

지금 읽어보면 너무 웃긴 나의 첫 글쓰기는 딱 세 줄이었다. 하지만 이날부터 나는 매일 한 줄이라도 글을 쓰는 사람으로 살고 있다.

처음에는 글을 쓰는 것 자체가 좋아서 아침마다 머릿속에 떠오르는 생각들을 노트에 채웠다. 전날 어떤 갈등을 겪었다면 다음 날 '도대체 이런 일이 왜 일어났을까?' 하면서 혼자 묻고 답하는 것들이 모두 글의 소재였다.

글을 쓰면서 나에 대해 알아가는 시간이 늘어나니 나와 남을 동시에 이해하게 되었다. 아이들이 놀잇감을 가지고 놀며 집 안을 어지르기라도 하면 하늘이 떠나가라 소리를 지르고, 남편이 늦게 일어나면 게으르다고 잔소리를 해댔다. 씩씩거리며 온갖 분노의 마음을 담아 글로 풀어내고 나면, 문제의 시작은 남이지만 결론은 내 문제임을 깨닫는 경우가 많았다.

아이들에게 어지럽히지 말라는 꾸중보다 신문지라도 깔아주고 노는 구역을 정했어야 했다. 매일 왕복 네 시간의 출퇴근길을 운전해서 다니는 남편에게는 잠이 체력 보충제라는 것도 눈에 들어왔다.

글을 쓰며 마음에 여유가 생기니 내 평생 안 할 일도 하기 시작했다. 블로그, 유튜브 등 각종 온라인 활동을 하는 사람들을 싸잡아 관종이라며 손가락질하던 나였다. 그런 내가 블로그를 만들었다. 처음에는 직장 동료가 나타나 지금 뭐 하는 짓이냐고 꾸짖을 것 같고, 모르는 사람이 비난의 댓글을 다는 상상을 하며 움츠러들었었다.

하지만 그 상상을 이겨낼 만큼 글쓰기가 좋아 내 노트 밖에도 남겼다. 내가 읽은 책, 필사한 문장, 여행지 추천 등을 자유롭게 쓰게 되니 글로 나를 관찰할 때만큼이나 흥미로웠다. 아주 소소하고 개인적인 이유로 시작한 블로그였지만 이웃과의 소통이라는 재미도 덤으로 얻었다. 일상이 힘들고 지쳤을 때 얼굴도 모르는 남의 응원 댓글에 힘이 났고, 공감을 사며 글에 대한 자신감이 생겼다.

여기서 기른 자신감은 또 다른 도전으로 이어졌다. 평소 자주 드나든 온라인 카페 '마인드스쿨'에서 52주 동안 매주 한 편씩 글 쓸 사람을 모집한다는 공고가 보였다. 평소였으면 저런 돈도 안 되는 짓을 왜 하느냐며 비웃었겠지만 나는 글을 쓸 공간에 목말라 있었다. 편하게 아무 때나 쓰던 블로그와 달리, 매주 한 편의 글을 무조건 정해진 요일과 시간에 올려야 한다는 부담감을 가져야 했다. 그 약속을 지키기 위해 알람을 맞춰놓고 자다가 깨서 글을 쓴 적도 있다.

그런 노력 덕분일까? 일주일 내내 어떤 주제로 글을 쓸 것인지 고민하고 사색하는 시간이 글을 더 풍성하게 만들었다. 금전적 보상은 없어도 글을 읽어주는 사람이 몇백 명이 되니 누군가가 내 글을 읽어주는 것이 얼마나 감사한지를 깨달은 52주를 보냈다. 정말 신기한 점은 나 혼자 글쓰기를 할 때보다 남들이 읽어주고 호응해줄 때 더 큰 에너지가 생긴다는 것이다.

이 무렵 브런치에 도전해서 브런치 작가라는 타이틀도 얻었고, 평소 써둔 글들을 묶어 책으로 내겠다는 욕심이 생겼다. 여러 번의 투고를 거쳐 좋은 출판사를 만났다. 직장을 다니며 두 권의 책을 쓴 작가가 된 것은 단지 행운이 아니라 평소 글을 꾸준히 써놓은 덕분이다.

시간 부자를 만든 글쓰기 루틴의 힘

이렇듯 글쓰기는 내게 자신감을 심어줬고, 도전할 수 있는 실행력을 주었으며, 출간 작가로 이어지는 원동력이 되었다. 이제 나에게 일상은 더 이상 지겹고 우울한 것이 아니라, 글감을 찾기 위해 관찰하고 즐길 수 있는 상황이 가득한 특별한 날들로 변했다.

직장을 다니며 책을 두 권 썼다고 하면 다들 시간이 어떻게 그렇게 많냐고 물어본다. 몇 년 전까지만 해도 매일 시간이 없다고 울먹이던 내가 시간 부자가 됐다. 그럴 때 나는 이렇게 대답한다.

"제가 원래부터 이런 사람은 아니고요. 글을 쓰다 보니 이런 삶을 살게 되었어요. 오늘부터 당신도 한 줄이라도 글을 써보세요. 일상이 분명 달라집니다."

2장

내		일	에		
글	이		더	해	진
순	간				

나는 나의 이야기를
하는 사람이다

writer
이윤지

처음으로 무대 위 주인공이 되다

"이윤지 작가님을 앞으로 모시겠습니다. 큰 박수 보내주세요!"

대형 서점을 가득 메우는 우레와 같은 함성이 터져 나왔다. 첫 번째 책의 출간 기념 북 콘서트가 열린 무대로 한 발 한 발 올라갔다. 객석 모든 사람의 시선이 단숨에 내게 집중됐다. 순간 어찌나 심장이 뛰던지, 생경한 부끄러움에 잠시 기둥 뒤에 숨고 싶다는 생각이 들었다.

방송 경력 10년 아나운서로 큰 무대도 적지 않게 서봤지만 당시의 느낌은 그동안과는 전혀 달랐다. 오늘은 내가 '주인공' 이었다! 뉴스 앵커, 행사 아나운서, 라디오 DJ, 북 콘서트 MC

등 다양한 역할로 진행을 해오는 동안 내가 맡은 일의 본질은 '조력자'에 가까웠다. 무대에서 마이크를 잡고 있더라도 마음가짐은 언제나 '듣는' 사람이자 주인공들의 소식을 충실히 '전달'하는 사람이었다.

아나운서는 프로그램의 취지를 잘 살려주는 역할로서 주인공보다 드러나면 안 된다는 직업관을 가지고 있었다. 3년여 동안 매주 책을 쓴 저자들을 만나며 진행했던 북 콘서트 역시 무대에서는 '나'를 잊었다. 인터뷰어로서 내게 중요한 사람은 바로 앞에 있는 '저자'와 그의 '책', 그리고 '청중'이었다.

그런데 세상에, 늘 주인공으로 여겨오던 그 '저자'의 자리에 내가 서게 된 것이다! 그동안 누군가를 빛내주는 게 익숙하고 편했는데, 막상 주인공 자리에 서려니 떨리고 쑥스러웠다. 한 시간 반에 걸쳐 진행된 북 콘서트를 무사히 마친 그날 저녁, 행복감과 더불어 진중한 책임감을 느꼈다. '이제 나는, 나의 이야기를 하는 사람이다.'

작가는 '자신'의 생각을 전하는 사람이다

이제는 다른 이가 써준 대본을 외워 정확한 발음으로 소식을 전해주는 사람이 아니었다. 작가로서 오롯이 '나'의 생각을 말해야 했다. 예쁘게 메이크업을 하지 않아도, 핏이 딱 맞는 정장을 입지 않아도 되었다. 대신 내 머리와 가슴에서 우러나오는 '진실'한 발언을 해야 하는 의무가 생겼다. 얼마나 책임이 막중한 일인가.

작가가 되고부터는 생방송을 진행할 때보다 말 한 마디, 한 마디에 더욱 집중하고 신중을 기한다. 나의 생각에서 비롯된 한 글자, 한 문장이 누군가에게는 희망과 기쁨이 되기도 하지만 절망과 슬픔으로 다가갈 수도 있기 때문이다.

그럼에도 작가 하기를 참 잘했다는 생각이 든다. 실은 작가가 되어 벅차게 행복하다. 진짜 '이윤지'의 모습으로 무대에 설 수 있다는 것이 얼마나 감사한 일인가. 나의 생각을 담은 글로 소통한다는 것이 떳떳하고 자랑스럽다. 그만큼 더욱 부단한 노력이 필요하지만 이 또한 배워가는 즐거운 여정이라 생각한다.

작가가 되고 마음을 자주 들여다본다

아나운서를 하며 훈련된 능력 중 하나는 동시에 여러 상황을 인지하는 것이다. 뉴스를 진행할 때는 귀로 PD의 지시 사항을 들고, 눈으로 카메라를 보며, 머릿속으로 다음 소식을 생각한다. 무대에 섰을 때는 멀리 있는 PD의 손짓 사인을 보면서도, 온 감각으로 청중의 반응을 살피고, 커튼 뒤 출연자의 움직임을 체크하는 등 주위를 부지런히 파악해야 현장 상황에 유연하게 대응할 수 있다.

글을 쓰면서부터 나의 안테나가 향하는 곳이 또 생겼다. 바로 '나의 마음'이다. 진행자로 일할 때는 주어진 상황과 상대방에 주로 주파수를 맞춰야 했다면, 글을 쓸 때는 나의 '내면'에도 더욱 귀 기울여야 진솔한 이야기를 나눌 수 있기 때문이다. 그러다 보니 안팎으로 감각이 깨어나고 섬세해지는 것을 느낀다.

'마음 돌보기'는 글을 쓰기 시작한 이후로 중요하게 여기는 일이다. 독자는 글을 통해 작가의 속을 훤히 들여다본다. 하얀 백지 속에 '나'를 담는 작가는 마음을 숨기거나 가공할 수 없다. 글을 쓰기 전 스스로 아래 세 가지 질문을 건네는 이유이다.

1. 이 글이 누군가에게 도움이 되는가?
2. 이 글로 누군가에게 상처를 주지는 않는가?
3. 차라리 이 글을 쓰지 않는 것이 낫지는 않은가?

한번 내뱉은 글은 되돌릴 수 없다. 글 한 자가 누군가에게 미칠 영향력도 감히 상상할 수 없다. 그러고 보면 '펜이 칼보다 강하다'는 말은 괜히 나온 것이 아니다. 원고를 쓸 때면 창밖의 나무를 바라본다. 그리고 수시로 자문한다.

"나는 나무에게 미안하지 않은 글을 쓰고 있는가?"

나만을 위한 글이 아닌 독자를 위한 글

청자를 고려하지 않는 '나뿐인 말'은 피곤을 준다. 대화 내내 자신을 드러내려 하고, 개인의 목적만 달성하려 하며, 상대방을 고려하지 않는 말은 소통이 아닌 독백에 가깝다. 진정한 달변가는 말하기보다 '듣기'를 잘하며, '상대방'을 배려하며 말할 줄 아는 사람이다.

글 또한 매 순간 '읽는 사람'을 고려해야 한다. 나의 글을 바라봐주는 이를 위하여 한 자 한 자 적어 내려가는 것이기 때문이다. 따라서 나만의 성공을 위한 글쓰기라든지, 단순히 욕구를 분출하기 위하여 글을 쓴다거나, 나만 이해할 수 있는 난해한 문구로 이야기를 전하면 이 또한 '나뿐인 글'이 된다.

주인공이 된 김에 기왕이면 좋은 작가가 되고 싶다. 나무가 생명으로 내어준 귀한 종이에 쓰인 활자들을 독자가 마주했을 때 '읽기를 잘했다'라고 생각할 만한 글을 쓰고 싶다. 그러기 위해서 먼저 좋은 사람이 되고자 노력한다. 글은 투명하니까. 글쓰기가 내게 준 가장 큰 선물은 깨어 있는 자세로 나를 갈고 닦도록 만들어주었다는 것이다.

누구나 삶이란 무대에서 주인공이다. 당신의 이야기를 꼭 한 번 글로써 들려주기를 바란다. 쓰고 또 쓰다 보면 똑같은 하루 속에 수많은 메시지가 꿈틀거리고 있음을 발견할 것이다. 소중한 당신이 느낀 오늘이 궁금하다.

나의 이름은
'숨을 불어넣는 자'

writer
엄명자

'엄마도 작가 될래' 프로젝트

"제가 글을 쓰게 되는 날이 올 거라고 한 번도 생각해본 적이 없어요! 그런데 요즘 글 쓰는 것이 정말 즐겁고 설렙니다."

지난 겨울방학부터 내가 근무하고 있는 초등학교에서 학부모를 대상으로 '엄마도 작가 될래' 프로젝트를 진행했는데, 그때 참가하신 분의 말씀이다. 자신에게 이렇게 특별한 재능이 숨어 있는 줄 몰랐다던 그녀는 요즘 날개를 단 듯 매주 보석 같은 글을 쓰며 작가의 꿈을 키우고 있다.

3년째 '학부모 독서 동아리'를 운영했는데, 이 시간에는 책을 읽고 토론도 하지만 올바른 자녀 교육법, 대화법 등의 학부모 교육도 겸했었다. 시간이 지날수록 학부모님들의 성장을 실감하고 있던 터라 독서 토론에서 나아가 글쓰기까지 도와드리고 싶었다.

동아리 활동 초창기에만 하더라도 발표하는 것이 두려워 시선을 피하고, 쭈뼛쭈뼛하던 분도 어느새 자기 생각을 조리 있게 말로 곧잘 표현하신다. 지난 연말에 소감을 발표할 기회가 있었는데 한 학부모께서 "교장선생님 덕분에 우리 집이 완전히 바뀌었어요. 일방적이던 저의 행동을 고치니 아이들이 그렇게 행복해할 수가 없어요. 저도 이렇게 성장한 것이 정말 뿌듯하고 기쁩니다"라고 하시는데 가슴이 뭉클했다.

내가 글쓰기를 하고 작가가 되면서 브랜딩을 하고 전문가로서 그 역할을 해나가는 것처럼, 앞으로 우리 학부모님들이 자신의 영역에서 더 전문성을 발휘하고 브랜딩을 할 수 있도록 숨을 불어넣는 역할을 하고 싶었다. 학부모님들이 어떤 사람이고 무엇을 잘하고 독자를 위해 어떤 혜택을 줄 수 있는 사람인지 탐색하기 위해 많은 이야기를 나누었다. 아무리 평범한 사람이라도 자신의 특성과 강점을 기반으로 브랜딩을 한다면 사회에 더 많이 공헌할 수 있고 가치 있는 삶을 살 수가 있다.

'엄마도 작가 될래' 프로젝트에 참여하신 분들과는 2주에 한 번씩 줌으로 만났다. 이 시간은 학부모와 교장선생님 관계가 아니라 소중한 한 사람, 한 사람 간의 만남이 이루어지는 장이 되었다. 우리는 '가장 기억에 남는 밥상'에 대해 이야기하며 울고 웃었고, 각자 '미래에 이루고 싶은 꿈'을 이야기할 때는 응원의 박수를 쳐주었다.

또 우리는 지금까지 살아온 삶, 앞으로 살고 싶은 삶, 내가 가진 장점으로 다른 사람에게 도움을 줄 수 있는 것에 대해 많은 글을 썼다. 다양한 글쓰기 훈련 과정을 거쳐 브런치 작가 응모에 도전했다. 처음엔 글을 한 번도 써보지 않았다고 하시는 분들도 전문 작가 못지않게 글을 잘 쓰시는 것이 아닌가? 숨어 있는 재능을 발견한 본인도, 그 과정을 지켜본 나도 너무 즐겁고 행복한 순간이었다.

치매에 걸린 시어머니를 모시면서 간호사로 일하고 있는 '사슴 눈' 님이 가장 먼저 작가 응모에 합격하셨다. 배우는 것과 베풀고 나누는 것을 좋아하는 그녀는 노인 돌봄 전문 간호사와 건강지원센터 자원봉사자를 경험하며 터득한 치매 노인 돌봄 노하우를 글로 재미있게 풀어냈다. 가족이 치매를 앓고 있다면 도움 될 만한 노하우와 인사이트가 가득한 글이 많다. 이제는 종이책을 출간하는 진짜 작가가 되기를 응원하고 있다.

다른 분들도 한 명씩 뒤이어 브런치 작가가 되었다. 학부모님들이 스스로 잠재력을 재발견하고 자신의 또 다른 가능성을 찾아가는 모습과 반짝반짝 빛나는 그분들의 눈빛이 귀한 선물로 내게 다가온다.

숨을 불어넣는 동기부여 전문가

누군가가 "당신이 가장 잘하는 한 가지는 무엇인가요?"라고 질문한다면 "사람들에게 동기부여를 잘합니다"라고 답하고 싶다. 말로도 동기부여를 잘하지만 특히 글을 통해 사람들이 구체적으로 무엇을 잘하고 재능이 있는지 칭찬해드리고, 자신감을 가질 수 있도록 돕는 일을 잘한다. 편지나 메시지, 이메일 등의 글로 동기부여를 해드리면 감정의 아주 깊은 곳과 연결되어 감동을 많이 받으신다.

초등학교 교사로 근무하던 시절에도 많은 학생들의 글쓰기 재능을 알아보고 동기부여를 해주었다. 학생들 속에 숨어 있는 작은 재능과 창의성을 발견하면 크게 칭찬하고 더 발전할 수 있도록 이끌어주었다. 평소 공부를 잘 못해서 부진아 소리를 듣던 아이도 기발한 아이디어로 시를 쓰면 아이들 앞에서 읽게 하고, 자신감을 찾도록 도와주었다. 그렇게 가르친 학생들은 각종 글쓰기 대회에서 상도 정말 많이 받았다. 학생들이 마음속의 생각과 경험을 창의적인 언어로 표현해낼 때 나는 숨은 '보석'을 찾아내는 것처럼 행복하고 보람 찼다.

지금은 책이나 글을 쓰고자 하는 후배들을 위해 숨을 불어넣는 역할을 하고 있다. 많은 이야기를 나누며 자신의 구체적인 장점을 찾도록 도와주거나 책의 콘셉트를 잡을 때 도움을 주기도 한다. 함께 라이브 방송이나 줌 강의를 했던 분들이 출판사와 계약을 했다거나 강의 요청이 들어왔다고 하면 내 일처럼 기쁘다. 협업을 위한 사전 미팅을 하며 방송이나 강의 콘셉트를 잡을 때에도 나와의 대화를 통해 본인도 몰랐던 장점을 깨닫고, 흐릿했던 콘셉트를 명확하게 잡기도 한다며 많이들 말씀해주신다.

인디언들은 어떤 사람의 행동이나 모습의 특징에 따라 자연이나 현상에 빗대어 독특한 이름을 짓는다. 나는 스스로 인디언식 이름을 '숨을 불어넣는 자'로 지었다. 지인들도 내게 딱 맞는 이름이라고 입을 모은다. 앞으로도 나는 인디언식 이름에 걸맞는 사람으로 계속 살아가고 싶다. 다른 사람에게 행복을 가져다주는 이 고귀한 역할을 할 수 있다는 것이 얼마나 감사한지 모른다.

요즘은 딸들이 글을 쓰고 작가가 되고 싶은 마음을 조금씩 내비쳐서 더 없이 반갑다. 딸들도 엄마를 통해 은연중에 글쓰기가 삶을 얼마나 변화시키고 성장시키는지를 배우게 되었다. 지금도 나와 연결된 많은 분들과 소통하고 글쓰기를 응원하며 숨을 불어넣고 있다. 교사인 후배와 퇴직하신 선배님들, 함께 나이 들어가는 친구들, 취미 활동을 같이하는 지인들, 가장 소중한 가족들까지, 그들이 글쓰기를 통해 행복을 찾아가는 모습은 '숨을 불어넣는 자'가 가질 수 있는 가장 큰 보상이자 축복이다.

두 가지 이름으로
살아가다

쳇바퀴 돌 듯 반복되는 직장 생활

알람 소리와 함께 눈을 떴다. 전날 야근의 독이 완전히 빠지지 않았는지 온몸이 물먹은 미역처럼 축 처졌다. 잠시 침대 위에서 뒤척거리다가 바닥에 발을 내렸다. 찌뿌둥한 몸을 이끌고 화장실로 향했다. 차가운 물에 얼굴을 담그고 나서야 조금 정신이 들었다.

지하철 안은 사람들로 북적거렸다. 문이 열릴 때마다 나가고 들어오는 사람들 틈에서 마치 파도에 휩쓸리듯 이리저리 흔들거렸다. 발끝에 힘을 꽉 쥐고 안간힘을 다해 버텼다. 드디어 종착역에 다다랐다. 아직 이른 아침, 사무실 안에 들어서는 순간부터 쉴 틈 없는 하루가 시작됐다. 오늘만은 야근을 피해야지 하며 온 힘을 다 해보지만 예정된 미래 앞에서 나는 그저 작고 힘없는 인간일 뿐이었다.

3년 전 본사로 발령받아 온 이후부터 업무 강도가 상당해졌다. 그간 교육 업무를 해온 터라 처음 해보는 예산 업무는 낯설었다. 실수 연발에 고전의 연속이었다. 마치 신입 사원으로 돌아간 듯했다. 뼛속까지 문과형 인간이 숫자와 내내 씨름하려니 어찌 보면 당연한 일이었다. 하루에도 몇 번씩 그만두고 싶다는 생각이 차올랐다. 그저 할 수 있는 거라곤 버티는 일밖에 없었다. 솔직히 어느 정도 일이 손에 익은 지금도 적성이 아니란 생각은 지울 수 없다.

퍽퍽한 삶을 이겨낼 힘을 준 부캐 '실배'

그래도 시간은 흘러 어김없이 주말이 다가왔다. 피곤이 덕지덕지 붙은 직장인 '신재호'라는 옷을 벗어 던지고 '실배'로 갈아입는다. 실배라는 이름은 글 안에서만 존재하는 소중한 나의 부캐(부캐릭터)이다.

노트북에 손가락을 얹고 미지의 글 속으로 빠져든다. 중간에

길을 잃고 헤매기도 하고 장애물에 막혀 멈칫하지만, 끝까지 포기하지 않고 기어코 끝을 내고야 만다. 발행 버튼을 누르고 완성된 한 편의 글 앞에 서면 그 뿌듯함을 감출 수 없다. 내 글을 내가 가장 많이 읽는다는 누군가의 말처럼, 소리 내어 몇 번이고 읽는다. 혹여나 있을 오타나 어색한 문장을 찾기 위해서다.

지난 3년간 나는 두 가지 자아를 철저하게 구분했다. 유명한 소설 『지킬 앤 하이드』 속 주인공처럼 각각의 인격체는 독립적으로 움직였다. 처음부터 그랬던 것은 아니다. 초반엔 집에도 일감을 가져왔었다. 어느 날 테이블 위에 잔뜩 쌓인 서류를 바라보며 내가 무얼 하고 있나 싶었다. 일도 제대로 하지 않으면서 차라리 이 시간에 좋아하는 글을 쓰면 훨씬 낫지 않을까. 그때부터 철칙을 세웠다. 아무리 일이 많아도 주말까지 가져오지 않기. 본업과 부캐 활동 사이에서 중심을 잡기 시작했다.

그 당시 참여하고 있던 온라인 글쓰기 모임에선 매일 글을 쓰고 카톡으로 공유해서 인증해야 했다. 한 달간 인증 실적이 40퍼센트에 도달하지 못하면 자동 탈락이었다. 바쁜 회사 일정으로 주중에는 정성스레 글 쓸 시간이 부족했다. 궁여지책으로 선택한 것이 출근길 글쓰기였다.

집에서 회사까지 대략 한 시간이 걸렸다. 짧은 글 한 편을 완성하기에 충분했다. 만원 지하철 안에서 휴대폰의 자그마한 자판을 두드리며 하루를 담았다. 주로 전날 있었던 일상이 소재였다. 가족과 즐거웠던 추억, 회사에서 힘들었던 일, 오래간만에 만난 지인과의 이야기 등 일상 곳곳에 글감이 있었다.

심도 있는 내용은 아닐지라도 이렇게 매일 글쓰기를 이어갈 수 있음에 감사했다. 기록의 힘은 대단하여 그 날의 정리뿐 아니라 묵은 감정까지도 실어 보냈다. 무엇보다 출근길 글쓰기를 통해서 주중의 글쓰기에 관한 부담을 던 것이 큰 수확이었다.

주말이 되면 훨씬 자유롭게 글쓰기에 집중했다. 특히 토요일 오후는 아내도 출근하고, 아이들도 학원에 가고 없으니 가방에 노트북을 챙겨 인근 카페로 향했다. 고소한 커피 내음을 맡으며 브런치에 정성스레 글도 쓰고 연재 기사도 작성하며 일상의 소소함을 넘어 주제가 있는 긴 글을 완성했다. 저녁 먹기 전에 돌아와 가족들과 함께 식사하고 집안일까지 하면 글에만 빠져 있다는 잔소리도 피할 수 있었다.

그 선택은 옳았다. 양쪽 모두에 긍정적인 영향을 미쳤다. 주중의 퍽퍽한 삶을 모두 글에 담아 털어내고 새롭게 얻은 힘으로 다시 회사 일에 집중했다. 선순환이었다. 아무리 힘든 일이 닥치더라도 두렵지 않았다.

그 덕분일까. 작년 연말에 회사에서 '올해의 우수 직원'에 선정되는 기쁨을 누렸다. 직장 생활 17년 차에 처음 받아본 상이었다. 그것도 맞지 않은 옷이라 여겼던 업무에서 얻은 쾌거였다. 상패를 들고 집에 갔을 때 그동안 고생 많았다는 아내의 말에 울컥했다. 아이들이 자랑스럽게 바라보는 시선에 어깨가 한 뼘은 올라갔다. 회사 생활 하며 가장 보람된 순간이 그 노력의 가치를 인정받을 때가 아닐까. 그 원동력은 모두 가족과 글이었다. 불평 없이 이해해준 가족과 또 글에서 얻은 에너지가 오롯이 일에 투영되었다.

가끔 주변 사람들이 직장 생활만으로도 바쁜 와중에 어떻게 매일 글을 쓰고 책을 내느냐며 비법을 묻는다. 그럴 땐 어떻게 답을 해야 할까 고민되었다. 그저 내가 해줄 수 있는 거라곤 "일단 쓰라"는 말밖에 없었다.

솔직히 나도 주말에 아무것도 하지 않고 쉬고 싶을 때가 있다. 특히 글감이 떠오르지 않아 텅 빈 화면 앞에 머물 땐 더욱 그렇다. 무슨 대단한 일을 한다고 이렇게 사서 고생을 하나 하는 생각도 든다. 하지만 글쓰기가 내 삶에 주는 선한 영향력을 경험하고 나서는 한가하게 안주할 수 없다.

그리고 무엇보다 쓰는 행위 자체를 사랑한다. 기록하지 않았다면 바람결에 사라질 일상이 글을 통해 의미 있는 하루로 탈바꿈하는 순간이 좋다. 퇴직 때까지 주중 '신재호'와 주말 '실배'의 삶은 계속될 예정이다. 그 아슬한 줄타기 속에서 지금처럼 균형을 잘 잡고 살아가길 바란다. 글이란 든든한 벗이 있기에 이 험난한 세상을 굽히지 않고 멋지게 헤쳐나갈 용기를 얻는다.

아이들과 함께한 삶이
글이 되고 책이 되다

writer
정혜영

우리 반 '나도 작가' 프로젝트

선생을 업으로 삼아온 지 20년이 넘었으니 아이들의 글을 참 많이 봐왔다. 멋모를 땐 아이들 글 중에서 좋은 글을 골라내는 데 고품격 안목까지 필요하랴 싶었지만, 간혹 '오, 좀 쓰는데?' 싶은 아이들의 글을 만나면 반갑고 기특했다. 한편으로는 고학년으로 올라갈수록 아이들의 글쓰기 능력의 개인차가 커진다는 사실은 안타까운 현실이었다.

그래서 난 학급 담임을 맡을 때마다 학기 초부터 우리 반 아이들에게 글쓰기를 안내하고 글을 쓰도록 독려한다. 일 년 내내 글쓰기를 하는 우리 반 특별 교육활동인 일명, '나도 작가' 프로젝트다.

그 시작은 '3월 매일 한 줄 쓰기'이다. 3월 이후에는 2~3개월 동안 쓰는 횟수는 줄이고 분량을 늘리는 연습을 한다. 그때 몇몇 아이들의 글쓰기는 눈에 띄게 발전하지만, 대부분은 내가 이끄는 대로 한 발 한 발 천천히 따라온다. 가끔 내 계획대로 따라오지 못하고 몇 개월이 지나도 여전히 3월의 글쓰기에서 지지부진 멈추어 있는 아이를 보면 내가 뭘 제대로 못 가르친 것인지 고민스럽다.

나는 내가 워낙 어렸을 때부터 읽고 쓰기를 좋아했으니 막연히 글쓰기도 잘 가르치겠거니 생각했다. 직접 글을 쓰는 것과 체계적으로 글쓰기를 가르치는 것의 간극을 너무 쉽게 간과한 것일까. 내게 글쓰기에 대한 '체계적인' 지도 능력이 없는 게 아닐까 하는 생각이 들면 망연해지곤 했다.

글을 생생하게 만드는 입체적인 삶 쓰기

이제부터라도 아이들에게 글쓰기를 좀 더 체계적으로 지도하고 싶어서 '내돈내산' 온라인 연수를 신청했다. 초등 2학년 아이들에게 글쓰기를 좀 더 재미있게, 좀 더 효과적으로 가르칠 수 있는 방법이 궁금했다. 강의를 진행하는 강사가 쓴 책을 오래전에 한 번 읽은 적이 있는 걸 보니, 체계적인 글쓰기 지도에 대한 갈증은 꽤 오래되었나 보다. 그런데 강사님이 강의 도중 대뜸 이렇게 말씀하셨다.

"죄송합니다. 선생님들은 글을 못 쓰십니다."

귀를 의심했다. 아니, 체계적인 글쓰기 지도를 위해서 강의를 신청해 듣고는 있지만 그렇다고 글을 못 쓴다니, 말이 너무 심한 게 아닌가 싶었다. 자존심에 살짝 생채기가 생겼다. 잘 쓰진 못해도 못 쓰는 정도까진 아닌데… 뽀로통해진 마음에 바짝 가시가 돋았다. 평생 '잘 못한다'는 말을 '잘 못' 들어온 교사들은 뭐든 '잘 못한다'는 말을 '잘 못' 견뎌한다. 이것이 교사로서 가장 고쳐야 할 점이라는 것은 잘 안다. 뾰족해진 마음을 달래준 것은 강사님의 다음 말씀이었다.

"왜냐하면 한 분, 한 분 능력이 없고 재능이 없어서가 아니라, 한 번도 글쓰기 교육을 '제대로' 받아본 적이 없는 세대이기 때문입니다."

곰곰 생각해보니 맞는 말이었다. 학창 시절, 글쓰기를 해야 할 때면 선생님들은 원고지만 나눠 주고 끝이었다. 선생님께서 칠판에 쓰신 '6·25', '통일', '나라 사랑' 같은 글쓰기 주제들은 내 실생활과는 동떨어져 공중에 둥둥 떠다녔다. 주제를 어떻게 풀어내야 할지, 경험과 생각을 어떻게 버무려야 할지, 선생님들이 딱히 가르쳐주신 기억이 없다.

주제와 원고지만 들여다보며 머리를 쥐어짜다 10매 내외 기준을 못 채우고 5매나 6매 정도에서 글이 멈추었을 때의 낭패감이란…. 나의 부족한 글쓰기 능력을 자책하며 심기일전해 다시 도전해보지만, 6매에서 끝난 이야기의 실타래를 풀어내는 게 쉬울 리가 없었다. 이미 끝난 이야기를 애써 늘려야 한다는 심적인 부담만 커졌고, 억지로 늘려 어찌어찌 완성된 글이 마음에 들 리 만무했다. 글을 쓴 나도 만족스럽지 않은 글이 어떻게 다른 이의 마음에 닿을 수 있었을까.

돌아보니 나의 글쓰기 능력이 부족했던 탓이 아니었다. 그렇다고 뛰어나지도 않았겠지만, 10매 내외를 채워내지 못한 것이 오롯이 내 책임만은 아니었다는 말이다. 글을 끝까지 쓰려면 머릿속의 '관념'만으로는 부족한데, 초등학생에게 '6·25'나 '통일' 등은 직접적인 체험을 바탕으로 글을 쌓아가기 어려운 관념적인 주제들이었다. 슬라이드 몇 장을 본 체험으로는 글을 쌓아가기 힘들다.

비록 나는 체계적인 글쓰기 지도를 제대로 받아보지 못한 교사이지만, 내 학생들에게는 뜬금없는 글쓰기 주제와 맞닥뜨리게 하고 싶지 않았다. 종이만 던져주고 '생각'만으로 글을 쓰라고 강요하기는 싫었다. 내가 학생이었을 때, 그런 관념적인 주제들을 만날 때마다 막연했던 감정을 내 아이들에게 그대로 물려줄 수는 없었다. 어린이가 글을 쌓아 올리려면 명확한 '관련 경험'이 있어야 한다. 직접 보고 듣고 한 것이 있어야 심상(心想)이 생겨난다.

그날 이후부터는 아이들과 글쓰기 주제를 정할 때, 과거 내 선생님들처럼 일방적으로 글쓰기 주제를 던지지 않았다. 아이들의 일과 중 직접 체험하고 이야기를 나눴던 활동 중에서 글쓰기 주제를 함께 잡았다. 처음 몇 번 학교생활 속에서 함께했던 것들로 글감을 잡았더니 아이들은 금세 일과 중 글감 찾기 선수가 되었다. 모든 일상이 글감이 될 수 있다는 걸 막연하게나마 알게 된 것이다.

하지만 자신의 생활 속에서 글감을 찾더라도 처음엔 내가 했던 일 위주로만 몇 줄 쓰게 된다. 그러다 보면 쓸 이야기는 금세 바닥나기 마련이고, 무엇보다 비슷한 하루를 보내는 아이들끼리 모여 있으니 30명의 글이 비슷비슷하게 나올 수밖에 없다. '이번 주에 학교에서 있었던 일 중 기억에 남는 일'을 글감으로 썼을 때, 많은 아이들이 이렇게 자신이 했던 일 위주로 썼다.

예I) 나는 오늘 학교에서 팔리갈리를 했다. 민성이랑 같이 팔리갈리를 했는데 내가 이겼다. 너무 재미있었다.

예2) 오늘은 축구 학원에 갔다. 축구 학원에서 경기를 했다. 내가 두 골을 넣었다. 우리 팀이 이겼다. 기분이 좋았다.

이런 아이들을 위해 '오감'을 사용해 경험을 입체적으로 쓸 수 있도록 안내했다. 그러자 아이들의 글이 전보다 다채로워졌다. 자신의 이야기뿐 아니라 친구의 입장, 선생님의 설명이 들어갔고 저마다 다른 위치에서 본 다양한 장면이 추가되었다. 다음은 다른 아이들과 같은 글감으로 쓰면서도 오감을 사용해 입체적으로 쓰려고 노력한 아이의 글이다.

예) 오늘은 학부모 공개수업을 하는 날이다. 나는 어제부터 학부모 공개수업이 시작되기 전까지 계속 가슴이 쿵쿵쿵 막 이렇게 울리는 것 같았다. 마치 지구가 쿵쿵 흔들리는 것 같았다. 그런데 막상 신나는 노래를 부르며 수업을 시작하니 긴장감이 사라지고 재미있었다.

전체 발표를 할 때는 약간 긴장이 됐다. 친구들도 나처럼 긴장했는지 발표할 때 목소리가 작았다. 수빈이가 "가족은 투명인간이다. 왜냐하면 안 보는 곳에서도 힘이 되어주니까"라고 말해서 박수를 받았다. 난 왜 그런 멋진 생각이 안 났을까?

공개수업 때 선생님께서 엄마, 아빠에게 발표를 시키셨다. 우리 엄마가 손을 들어 발표를 해서 기분이 넘넘 좋았다. 엄마 발표가 끝나고 나서 엄마와 눈이 '딱' 마주치자 서로 눈웃음을 지었다. 난 엄마를 보니 너무 좋았다. 수업을 다 마치고 선생님이 "얘들아, 수고했어. 이제 쉬는 시간이니 10분 쉬자!"라고 하셨다. 아, 아쉬워. 벌써 시간이 다 가다니! 엄마가 있을 때는 왜 시간이 빨리 가고 엄마가 가고 나니 대체 왜 이렇게 시간이 안 가는 거야~!

이렇게 글은 쓰는 이의 삶과 입체적으로 연결되었을 때 더욱 생생해진다. 굳이 애쓰지 않아도 정직하게 써지고 완성을 향해 나아간다. 삶이 빠진 글을 쓸 때, 머릿속의 생각만으로 글을 쓸 때 글은 좀처럼 뻗어가기 어렵다. 글을 인위적으로 연장하려다 과하게 꾸며 쓴 글은 아무리 매끄러워도 감동을 전달하지 못한다. 투박하더라도 각자의 삶이 고스란히 녹아 있는 글, 나를 고스란히 비추면서 자신의 삶을 다져가는 글에는 잔잔한 여운이 따르는 법이다.

아이들에게 좀 더 체계적인 글쓰기 지도를 하고 싶어 글쓰기 관련 연수를 듣고 글쓰기에 대한 책을 여러 권 읽었다. 읽고 배울수록 어린이의 글을 보는 관점이 글만 보는 쪽에서 글 속에 드러난 아이들의 삶을 들여다보는 쪽으로 바뀌었다. 그러자 무심코 지나쳤던 아이들의 글이, 몇 개 안 되는 문장들이 무시로 마음에 와닿았다.

주 2회, 우리 반 30명의 아이들이 쓴 글에 모두 짧게라도 감상평을 남겼다. 엄마에게도 안 보여준다는 글을, 담임선생님이라는 유일한 독자를 향해 손끝에 힘을 줘 써 내려간 아이들의 글을 눈으로만 읽고 끝낼 수는 없었다. 브런치에 올린 글에 독자들이 긍정적 반응을 보였을 때 내가 어떻게 어깨춤을 췄었는지 잊을 수 없기 때문이다.

때로는 엉뚱하고, 때로는 뭉클하며, 때로는 호기로운 어린이들의 말과 글, 문장 들을 만날 때마다 떠오른 심상을 놓치기 아까워 나도 글을 남겼다. 좋은 순간을 오래 기억하는 가장 좋은 방법은 사진과 글로 남기는 것이니까. 그렇게 아이들과 함께 글을 쓰며 남긴 글들이 모여 한 권의 책으로 출간되었다. 아이들의 글 속에서 들여다본 삶과 마음이 다시 글이 되었고, 글이 모이니 책으로 탄생했다.

아이들과 함께 글을 쓰면서 내 글에도 변화가 생겼다. 이전의 나는 글을 쓸 때마다 어깨에 잔뜩 힘이 들어가곤 했다. 필력이 뛰어난 작가들의 글, 글쓴이의 개성이 가득 묻어난 글을 만날 때마다 내게 없는 그들의 재능에 배알이 꼬였다. 있어 보이고 싶은 탐욕에 멋진 문장을 찾아 헤맸다. 그럴수록 내 글은 내 본모습과는 멀어져간다는 것을 미처 알지 못했다.

희한하게 아이들의 문장을 보고 떠오르는 심상을 글로 쓸 때는 전혀 힘이 들어가지 않았다. 아무런 미사여구 없이도 투명하게 자신을 드러내는 아이들의 글에서 '힘을 빼고' 쓰는 글이란 무엇인지 비로소 보았기 때문이다. 얼마 전, 내 글을 읽은 지인이 "당신이 내 옆에서 조곤조곤 이야기를 들려주는 것 같아"라고 말했을 때, 난 최고의 찬사를 받은 듯했다.

아이들만 글을 쓰게 하는 것과 어른이 함께 쓰는 것은 천양지차다. 글 한 편을 완성하는 데 얼마나 시간과 노력이 드는지 아는 사람은 다른 이의 짧은 글도 허투루 대할 수 없다. 언젠가 한 아이가 개발새발 쓴 글의 내용이 너무나 궁금해서 암호를 해독하듯 따져 내용을 살폈던 적이 있었다. 그 글의 맥락이 완전히 이해됐을 때 어찌나 기쁘던지. 아이들과 함께 쓰지 않았다면 내 인생에서 그런 종류의 희열을 맛볼 수 있었을까. 함께 쓰지 않는 어른은 아이들의 글을 반만 읽고 있는지도 모른다.

브런치에서 만난 글쓰기 고수들이 '당신만이 쓸 수 있는 글'을 쓰라고 할 때는 그 뜻을 미처 헤아리지 못했다. 글쓰기를 제대로 배워보지 못해 재능도, 역량도 부족한 내가 오직 나만 쓸 수 있는 글이란 게 있을까 막막했다. 이제는 어렴풋이 알 것 같다. 멀리서 보면 사람들의 삶은 모두 비슷해 보이지만 가까이 들여다볼수록 개개인의 스토리는 천차만별이다. 우리 반 30명이 같은 체험을 하고 나서 서로 다른 감정으로 글을 채워가듯이 말이다.

개개인의 펄떡이는 삶이 전하는 감동과 위로는 강력하다. 그러니 나와 다른 삶의 이야기를 만들어가고 있는 당신이 글을 써야 하는 이유는 명백하지 아니한가.

인생이 계획대로
흘러가지 않을 때를 위하여

writer
고경애

지금 하는 일을 언제까지 할 수 있을까

매년 12월이면 일주일에 한 번 있는 요리 강사 일을 재계약하고
새롭게 교육 기관과 장소, 시간, 요일을 정한다. 이 일을 시작한
지 어느덧 10년이 훌쩍 지났다. 주로 '동화요리'를 한다. 어린이
에게 동화책을 들려주고 관련 요리를 하는 수업이다. 요리하기
위해 수업에 왔다가 책까지 읽게 되는 장점이 있다 보니 주로
도서관, 지역아동센터에서 수업 요청이 많다. 책을 좋아하지 않
는 아이들도 요리는 대부분 좋아하기에 인기 1위 수업이다.

　도서관에서 요리 수업 공지를 하면 5분 안에 신청이 완료될
만큼 초등학생들에게 인기가 좋다. 도서관이 바뀌어도 내 요리

수업마다 따라오는 학생도 있었고, 내 직업이 신기하다며 인터뷰를 요청한 학생도 있었다. 요리 수업 요청이 점점 늘면서 더는 수업 일정을 잡을 수 없을 정도로 스케줄이 가득 찼다. 고정 수업만 일주일에 3일이었으니, 강의와 재료 준비 시간, 특강까지 합하면 일주일이 어떻게 지나가는지 모를 정도였다. 이렇게만 하면 내 커리어는 문제없을 것 같다는 희망에 부풀었다.

그렇다고 문제가 전혀 없었던 것은 아니다. 요리 도구와 재료가 준비된 곳도 있었지만, 환경이 마땅하지 않아 모든 걸 내가 일일이 준비해야 하는 경우도 많았다. 전자는 그나마 준비물이 멀티박스 한두 개에서 끝나는 편이지만 후자의 경우는 차에 이고 지고 산더미처럼 쌓아 이동해야 했다.

40대 후반이었던 그 무렵, 많은 짐을 옮기며 생각했다. '나이가 들어서도 이 일을 할 수 있을까?' 여러 번 스스로에게 질문해봤지만, 답은 하나였다. 50대까지만 이 일을 하고 60대에 할 일을 준비해야겠다고.

그런 마음을 먹었을 때 즈음 요리 강사라는 나의 직업에 위기가 찾아왔다. 바로 코로나19 바이러스였다. 사회적 거리두기 지침에 따라 수업 방식이 요리 실력보다 크리에이터의 소양을 갖추어야 더 돋보이는 비대면 온라인 수업이나 동영상, 소수 강의로 점차 바뀌었다.

학생들과 대면한 채 즐겁게 요리하는 수업이 미래에도 가능할까? 머지않아 누군가가 정성 들여 요리한 음식을 오감으로 느끼지 않고 알약 하나로 간편하게 식사를 때우는 세상이 도래할 것 같다는 불안까지 엄습했다.

인생 Plan B를 시작하다

현장 강의가 모두 멈추자 새로운 일을 모색해야 했다. 나이 60즈음에 글 쓰는 사람으로 살고자 했던 꿈을 조금 더 앞당겨 준비해야겠다는 생각이 들었다. 아니 생각만 할 것이 아니라 전투적으로 글쓰기를 시작할 때였다.

코로나19 바이러스의 확산으로 수업들이 하나둘 다 휴강되자 선택이랄 것도 없이 지푸라기를 잡는 심정으로 밤낮 가리지 않고 키보드에 손을 올렸다. 위기가 기회라는 말도 있지 않은가? 글을 쓰다 보니 지금이 새로운 인생을 준비할 적기일지도 모른다는 생각이 스쳤다. 새로운 인생 Plan B를 실현하기 가장 좋은 타이밍은 가장 고통스러운 '지금 이 순간'일 수도 있다.

브런치북 출판 프로젝트 공모전이 열렸을 때는 하나의 주제를 정해 뭐라도 쓰자는 심정으로 계속 글을 썼다. 그 시간 동안 나의 과거와 현재, 미래를 들여다볼 수 있었다. 때론 밥투정을 부리던 열 살로 돌아가 지금은 천국에 계신 엄마의 삶과 마주했다. 그런 날이면 밤새 글을 쓰며 울다가 쓰다가를 반복했다. 눈물 콧물 한 바가지씩 흘리고 나면 어느새 먹고사는 일에 한껏 걱정이었던 시름은 온데간데없고 시원한 동치미를 들이마신 듯 속이 뻥 뚫렸다. 주섬주섬 뭉쳐진 휴지를 정리하고 다시금 노트북 하얀 화면에 글을 써 내려갔다.

글을 쓰며 자연스럽게 마음의 아픔들이 연고 바르듯 아물어 갔다. 코로나19 바이러스로 일이 멈추고 공모전이라도 도전해야겠다는 생각으로 글을 썼지만, 수상보다 더 값진 '치유'를 얻었다. 글을 쓰다 보면 마음에 위로가 된다는 것을 몸소 겪고 나니 공모전은 이미 뒷전이고, 또 다른 글감을 찾아 나서며 1년을 꼬박 브런치에서 글쓰기 훈련을 했다.

글 쓰고 퇴고하고, 맞춤법까지 꼼꼼히 확인하고 나서야 세상 밖으로 빼꼼히 글을 내놓았다. 꾸준히 글을 쓰다 보니 어느 날 문득 행운도 찾아왔다. 엄마를 떠올리며 쓰기 시작해 나의 어린 시절 치유해주었던 글로 경기도한국수필가협회에서 주최한 수

필가 신인상을 받게 되었다. 내 글을 읽는 사람들이 조금씩 늘어갔고, 글이 술술 잘 읽힌다는 피드백을 받기도 했다.

요리 강사에서 글 쓰는 작가가 되었을 때 처음에는 어색하기도 했다. 하지만 내 마음 깊은 곳에 숨겨두었던 작가의 꿈은 한 발 한 발 아주 천천히 내게로 다가왔다. 그 기쁨을 말로 다 표현할 길이 없었다. 요리 강사라는 '본캐(본캐릭터)'에서 작가라는 '부캐'가 따라붙더니 이제는 '작가'라는 호칭이 더 익숙한 본캐가 되었다.

"나도 작가다. 엄마 작가!"

나는 글쓰기를 가르치는 선생님이기도 하지만, 엄마로서 애환을 나누며 자연스럽게 글을 쓸 수 있는 모임이 필요했다. 글 쓰는 삶이 자리 잡고 나서 글쓰기를 가르치는 선생님 모임에서 '엄마 작가가 되었습니다' 수업을 시작하게 되었다. 더 성장하고 싶은 꿈을 품은 엄마들이 모여 글을 쓰는 비대면 화상 수업이다.

1기를 시작한 때가 엊그제 같은데 어느새 3기가 진행되고 벌써 4기를 기다리며 대기하고 있는 분들도 있다. 각자의 삶 속에서 엄마로서, 직장인으로서 하루를 보내고 난 후 틈틈이 모이다 보니 그 속도는 조금 느리다. 하지만 괜찮다. 1, 2, 3기 꾸준히 도전하고 있는 엄마들은 곧 전자책도 출간할 예정이다.

같은 생각을 품고 함께 모이니 힘이 생긴다. 혼자라면 못할 일도 여러 명이 모이니 거뜬해진다. 내가 지치면 다른 사람이 격려하며 포기하지 않도록 손잡아주고, 다른 사람이 지치면 내가 손을 잡아주며 함께 가자고 토닥토닥 응원하고 있다.

힘들다는 이유로, 혹은 변화가 두려워 아무런 시도조차 하지 못하는 사람도 있다. 하지만 새로운 시작은 기회가 될 수 있다. 내가 할 수 있는 작은 것이라도 시도해보자. 포기하지만 않으면 좋은 결과에 이를 수 있다.

컴퓨터 전원 버튼을 누르면 화면이 켜질 때까지 로딩 시간이 걸리듯 글을 처음 시작하기까지는 로딩 시간이 오래 걸린다. 그렇다 해도 차분하게 화면을 뚫어지게 바라보자. 네가 이기나, 내가 이기나 시합이라도 하듯 모니터를 뚫어지게 보다 보면 내 머리를 스치는 한 단어, 한 문장이 생각난다. 그때 망설일 것 없이 떠오르는 대로 쓰면 된다.

'이렇게 써도 될까?', '맞춤법이 이게 뭐야', '실력이 꽝이네' 이런 생각들은 잠시 접어두자. 일단 쓰고, 쓴 글을 두 번, 세 번,

열 번 퇴고하면 된다. 쓰고자 하는 나의 욕구에 작은 불씨 하나 붙이면 활활 불타오르기도 하고, 촛불처럼 조용히 비추기도 한다. 그러다 불이 꺼지기도 한다. 괜찮다. 다시 불을 켜면 된다. 미리 걱정하며 시도조차 하지 않는 것이 더 두려워해야 할 태도이다.

특히 지금 아이를 돌보느라 지친 엄마들이 이 글을 보고 있다면, 그 이야기부터 시작해보자. 내가 마치 금쪽이 엄마가 된 것처럼 나의 힘듦을 주절주절 토로하다 보면 나와 내 아이, 내 가족을 객관적으로 볼 수 있는 힘이 생긴다. 글에는 그런 힘이 있다.

엄마의 삶에 지쳐 있다면 내 아이도 살갑게 대하기 어렵다. 화가 머리끝에 달려 악담을 쏟아내기 전 나의 힘겨운 감정을 글로 쏟아내자. 화난 나의 마음에 '위로'라는 한 줄기 빛이 들어오면, 그때 외쳐보자.

"나도 작가다. 엄마 작가!"

글이 일을 만들고,
일이 글을 만든다

글을 쓰자 사람이 보였다

처음 글을 쓰기 시작할 때 내가 쓰는 글은 본업과 무관하다고 생각했다. 약사로 일할 때는 환자가 가져온 처방전을 검수한 후 조제하여 환자들에게 복약지도를 하는 것이 주요 업무였다. 일터에서는 글을 읽고 쓰는 것보다 듣고 말하는 것이 더 익숙했다. 게다가 내가 쓴 첫 글의 주제가 '마음 건강'이다 보니 '약과 몸 건강'을 이야기하는 본업과 글쓰기는 분리된 영역이라고만 생각했다.

하지만 글을 쓰는 시간이 조금씩 쌓여가면서 일과 글 사이에서 공통적인 키워드를 하나 발견했다. 바로 '사람과 치유'였다.

심리에 대한 글을 쓰면서 점점 사람들의 생각과 마음에 관심이 생기기 시작했다. 예전 같았으면 약국에서 쉽사리 지나쳤을 일도 글을 쓴 이후부터는 한 번 더 관심을 가지는 습관이 생겼다.

얼마 전에도 단골 아주머니가 오셔서 진통제와 소화제를 달라고 하셨다. 예전부터 자주 구매하셔서 어떤 이유로 복용하는지 구체적으로 여쭤보았다. 그랬더니 아주머니는 마음속에 쌓아둔 염증을 터트리듯 품고 있던 아픈 이야기들을 쏟아내셨다.

이야기를 들어보니 아주머니는 직장뿐 아니라 가정에서도 여러 사람에게 스트레스를 받고 있지만, 좀처럼 풀지 못하고 항상 마음에 담고만 계셨다. 그런 시간이 계속 쌓이니 점점 두통이나 소화불량 같은 신체화 증상이 나타나기 시작한 것이다. 우리나라에서는 이런 증상을 '화병'이라고 부른다. 화병의 원인은 스트레스다. 근본적인 원인은 해결하지 못한 채 약으로만 대처하다 보면 점점 부작용만 심해진다.

아주머니에게 당장 중요한 것은 약보다 마음을 다스리고 스트레스를 조절하는 방법이라는 생각이 들었다. 잠깐 고민하다가 아주머니께 '마음의 병'에 대한 이야기를 전하면서 책을 한 권 추천해드렸다. 며칠 후, 다시 방문하신 아주머니는 마음가짐을 다르게 하는 게 얼마나 중요한지 이해했다고 말씀하셨다. 당장은 잘 안 되지만 노력해보겠다고 하면서 간식을 선물로 주고 가셨다.

　나의 작은 행동으로 인해 아주머니의 삶에 약간의 변화가 생긴 듯하여 뿌듯했다. 예전의 나는 약사로서 신속하고, 정확하고, 완벽하게 환자를 응대하는 것이 중요하다고 생각했다. 하지만 글을 쓴 후로는 일 속에서도 사람이 먼저 보이기 시작했다. 그래서 경청과 공감을 조금씩 추가하면서 그들의 마음을 느끼기 시작했다. 덕분에 감수성과 공감 능력이 조금 더 풍부한 약사로 성장한 듯하다.

글을 쓰자 능력을 인정받았다

연구소에서 신약을 개발하는 연구원으로 근무할 때의 일이다. 연구원의 업무는 연구를 설계하고 실험을 통해 신약 후보 물질의 효능과 작용 기전을 밝히는 일이었다. 주요 업무가 실험이다 보니 컴퓨터 앞에 앉아 있는 시간보다는 연구실에서 실험 기기와 장비를 만지고 있는 시간이 더 많았다. 그래도 실험을 한 후에는 연구 노트를 쓰고, 연구 결과가 나오면 보고서로 작성하고, 좋은 결과가 모이면 논문을 작성해서 발표하는 일도 겸하고 있었다.

글을 잘 쓰지 않던 시절에는 연구 노트나 보고서를 작성해도 두서가 없었고 일목요연하지 못했다. 보고서를 읽는 상사들도 '이걸 보고서라고 가져왔어?' 하는 표정으로 수차례 수정을 요구하기도 했다. 가장 많은 지적을 받았던 보고서는 수정 번호가 14번까지 달리기도 했다. 이런 일이 반복될수록 글쓰기에 대한 자신감도 점점 떨어졌다.

그러다 번아웃을 극복하기 위해 우연히 퇴근 후 글쓰기를 시작하면서 나의 글이 무엇이 문제였는지 깨달았다. 내 글에는 반복적으로 사용되는 어색한 표현과 매끄럽지 않은 문장들이 많았다. 통일성이 떨어졌고, 논리적이지 못했다. 심지어 매력까지 찾아볼 수 없었다. 이를 개선할 비법은 없었다. 그저 많이 읽고, 많이 고민하고, 많이 썼다. 몇 개월 후 책을 출간할 때가 되었을 쯤에는 일터에서도 내 글에 대한 평가가 180도 바뀌어 있었다.

"네가 원래 이렇게 논문도 잘 쓰고 결과 보고서를 잘 썼었나? 이번 신규 과제 계획서도 한번 맡아서 해봐."

회사에서는 내 업무 역할을 조정하여 연구에서 기획 업무로 배치하였다. 그 덕에 연구실에서 마우스의 대소변을 치우는 일에서 벗어나 컴퓨터 앞에 앉아서 하루 종일 키보드만 두드리게 되었다. 프로젝트를 기획하고 업무를 추진하는 역할을 하다 보니 동기들과 비교해 직급과 연봉이 빠르게 올라가는 효과도 있었다. 동시에 회사에서도 글을 많이 쓰다 보니 글쓰기 내공이 계속 쌓이는 선순환 구조가 만들어졌다. 그렇게 하기 싫었던 글쓰기가 나의 강점이 될 줄은 꿈에도 몰랐다.

흔한 직장인 이야기도 책이 될 수 있나요?

책을 출간하고 진행한 북토크에서 받은 질문 중 하나였다. 글을 써본 적 없는 사람들은 내가 특이한 이력을 가지고 있기에 책을 썼다고 생각한다. 이런 질문을 들으면서 한 이야기가 머릿속에 떠올라 이를 답변으로 활용했다.

"이 지구에 80억 명이 있다고 하면 저는 80억 개의 이야기가 있다고 생각합니다. 봉준호 영화감독이 아카데미 시상식에서 수상 소감으로 인용한 마틴 스코세이지(Martin Scorsese) 영화감독의 말이 있는데요. 바로 '가장 개인적인 것이 가장 창의적이다'입니다. 제가 처음 글을 쓰면서 '내 글을 누가 재밌게 읽을까?'라는 두려움이 가득했을 때마다 힘이 되어준 말이기도 합니다."

갑작스럽게 떠오른 답변이지만 이날 이후로도 처음 글쓰기를 시작하는 사람들에게 꼭 해주는 말이 되었다. 나도 처음 글을 쓸 당시에 스스로 끊임없이 의문을 제기한 순간들이 있었다. 돌이켜보면 그런 시간은 나를 발전시키지 못했다. 그럴 시간에 삶과 업무 속에서 꾸준히 글감을 찾고 글로 만드는 것이 더 큰 가치가 있었다.

당장은 글을 쓰는 것이 일과 경력에 직접적인 도움이 안 된다고 느낄지 모른다. 하지만, 우리가 찍는 점들은 시간이 지나고 뒤돌아보면 별자리처럼 이어지고 있을 것이다. 그러니 글쓰기만큼은 고민보다 실천이 앞서기를 바란다.

엄마와 아내 말고,
나를 찾을 시간

writer
강성화

내가 잃어버리고 잊어버린 것

조금 늦긴 했지만 남들처럼 결혼을 하고 그토록 바라던 예쁜 아이도 낳았다. 알뜰하게 살다 보니 통장의 잔고는 늘어났고, 그럭저럭 삶의 여유도 생겼다. 비록 최상의 삶은 아니더라도 남들 사는 것만큼 살아가니 이 정도만 해도 충분히 감사한 일이라 생각했다. 그런데 가슴 한편에서 뭔가 공허한 감정이 조금씩 자라나고 있었다.

풀 한 포기 없는 이 길을 걷는 것은
담 저 쪽에 내가 남아 있는 까닭이고

120

내가 사는 것은, 다만,

잃은 것을 찾는 까닭입니다.

- 윤동주, 「길」 중에서 -

윤동주의 시처럼, 내가 느낀 공허함은 어느 순간 엄마라는 타이틀에 가려진 '나', 담 저 쪽에 있는 엄마이기 이전의 '나'를 되찾고 싶다는 신호였다. 내가 원해서 선택한 전업주부의 삶이었지만 아이가 커갈수록 그 공허함 또한 커져갔다. 주부의 삶과 나의 삶이 공존하는 워킹맘과는 달리 출퇴근의 경계가 없는 전업주부의 삶은 나의 존재를 확인할 시간이 너무나도 부족했다.

혹자는 육아와 살림 역시 돈으로 환산하기 힘든 무형의 자산으로서 노동 가치를 지녔다고 위로하지만, 그 '무형'이 주는 공허함을 달래기엔 역부족이었다. 정신없는 하루 일과를 마치고 아이가 잠든 늦은 밤, 피곤이 몰려와도 쉬이 잠을 이루지 못하는 날들이 늘어났다.

불쑥불쑥 치고 올라오는 텅 빈 마음을 채울 무언가가 필요했다. 내가 있는 위치에서 내가 할 수 있는 방식으로 지금 당장 할 수 있는 것은 무엇일까? 선택의 여지가 없었다. 특별히 가진 것도, 내세울 재능도 없는 내가 할 만한 것이라곤 그나마 글쓰기 하나였다.

전업주부의 삶에 빨간 불이 들어오다

그런데 막상 아이를 낳아 키우다 보니 글쓰기는커녕 독서하는 시간도 사치였다. 초보 엄마라 가뜩이나 모든 것이 서툴고 부족한데 아이도 예민한 기질을 타고나 갓난아기 때부터 키우기가 쉽지 않았다. 매일매일 재우기가 어찌나 힘들던지. 통잠을 자기 시작한다는 100일의 기적은 다른 세상 이야기였다. 다른 집 엄마들은 아이가 잠들면 남편에게 맡기고 잠시 영화도 보고, 친구 만나 술도 한잔하고 온다는데 내겐 꿈만 같은 일이었다.

밤에 아이를 재우고 자유 시간을 가지려 했지만 그건 내 몫이 아니었다. 책을 읽고 글도 써야겠다는 생각에 늦은 밤 컴퓨터 앞에 앉아 있다 보면 얼마 지나지 않아 아이는 엄마를 찾았다. 세 살이 되도록 이런 상황이 반복되던 어느 날 밤, 남편이 진지하게 부탁했다.

"당신도 피곤하고 아이도 깊은 잠을 잘 수가 없으니 아이가 좀 더 클 때까지 몇 년만 더 기다려주면 좋겠어요."

어쩔 수 없는 일이었다. 늦게 결혼해 유산 후 어렵게 얻은 아이였기에 내게도 아이의 존재는 소중했다. 아이는 더 자라서 여섯 살이 되었지만 엄마로서 당장 해야 할 일들이 또 눈앞에서 기다리고 있었다. 어느새 내게 있어 중요하지만 급하지 않은 일이 되어버린 글쓰기는 그렇게 자꾸 우선순위에서 밀려났다.

그러다 결국 마음에 빨간 불이 들어왔다. 시간이 지나도 나를 찾고자 하는 정서적 갈증은 사라지지 않고 자꾸 커져갔다. 마냥 시간이 지나길 기다린다고 해서 정서적 갈증이 해결될 수 없었다. 마음을 돌보기 위해 삶의 우선순위를 점검하고 조정하는 시간이 필요했다.

여섯 살이 된 아이는 더 이상 자다 깨서 엄마를 찾는 일이 없었다. 이제 엄마와 아내가 아닌 그동안 미뤄두었던 나를 찾을 시간이 왔다. 그렇게 내 삶에 있어 중요하고도 급한 일이 된 글쓰기가 다시 시작되었다.

그때 내 나이 마흔 셋. 불혹을 넘긴 나이라 인생에 있어 더 이상 열정을 느껴보지 못할 거라 생각했는데, 아니었다. 오랜 시간 갈망했던 일이었기에 내 생애 다시없을 가슴 뜨거운 시간들을 보냈다. 자기계발을 위해 자격증 공부와 병행하여 글을 쓰다 보면 새벽 서너 시가 훌쩍 넘는 날이 많았지만, 몸은 피곤할지언정 마음은 설렘과 기쁨으로 한없이 충만했다.

글쓰기가 다시 일상이 된 삶은 예상치 못한 선물들로 가득했다. 내가 쓴 많은 글이 포털 사이트 메인에 올랐고, 글 한 편으로 수백 명이 구독을 신청하는 일도 있었다. 좋은 출판사와 인연이 되어 아이가 어릴 때부터 그토록 바랐던 에세이도 출간했다. 책은 라디오에도 소개되고, 서점 베스트셀러 코너에도 진열되었다. 해외 수출로 이어지는 행운도 뒤따랐다.

마흔의 중반을 넘은 나이. 누군가는 아직 참 좋을 때라고 말하지만 꿈을 그리며 무언가 새로운 것을 시작하기엔 주춤하게 되는 나이이다. 그런데 새삼 느꼈다. 꿈을 그리는 데 나이는 상관없다는 것을. 무언가를 시작하기에 늦은 때란 없다는 것을.

읽지 않는 시대에 중쇄를 찍으면 성공이라고 할 정도로 열악한 출판 시장에서 인세의 절반을 취약계층 아동에게 기부하겠다는 바람을 가슴에 품었다. 출간 준비를 하는 동안 졸린 눈을 비비며 새벽 세 시까지 버틸 수 있는 힘이 되어준 간절했던 바람은 현실로 이루어졌다.

인세는 평소 관심 있게 지켜보던 단체 다섯 곳과 지역사회 취약계층을 위해 기부했다. 가족들이 모두 잠든 어느 늦은 밤, 거실 책장에 놓아둔 기부 증서들을 한참 동안 물끄러미 바라보왔다. 가슴 깊은 곳에서부터 벅찬 감동이 올라왔다. 오랫동안 꿈을 그리는 사람은 마침내 그 꿈을 닮아간다더니, 그저 듣기 좋으라고 하는 빈말이 아니었다.

엄마이기 이전의 나를 찾고자 시작했던 일이었다. 그 과정에서 잠시 고민도 했다. 최근에는 대학원까지 다니기 시작하면서 오롯이 엄마 역할만 하던 전보다 아이와 함께하는 시간이 줄었기 때문이다. 하지만 기우에 불과했다. 한동안 잊고 지낸 '나'를 찾기 시작하니 삶이 더 행복해졌고, 평소 생각했던 것들을 하나둘씩 실행으로 옮기기 시작하자 아이는 그런 나를 보며 "엄마가 자랑스러워요!"라고 말해주었다.

엄마의 등을 보며 자라날 아이. 환하게 웃으며 반짝이는 눈으로 나를 바라보는 아이를 보니 가슴이 뭉클했다. 최고는 아니더라도 아이에게 지금보다 더 좋은, 더 멋진 엄마가 되고 싶어졌다. 온전한 나를 찾을수록 아이를 향한 사랑은 더욱 깊어진다.

꿈이 나를 어디로 데려갈지는 중요하지 않다. 인생은 예상했던 길로 가지 않을 때가 더 많았기에 앞으로도 내가 원하는 방향으로 가지 않을 수 있음을 잘 알고 있다. 하지만 괜찮다. 이제 쉰을 바라보는 나이에 여전히 가슴 설레며 꿈을 꿀 수 있는 지금 이 순간이 생의 축복이자 행복이다. 그것만으로 충분하다.

글을 쓰다 보면 자연스럽게 얻게 되는 것들이 있다. 자신의 삶을 글로 정리하는 과정에서 먹고사느라 바빠 잊고 지낸 '나'를 만나고, '내 안의 나'와 대화하는 시간을 가질 수 있다. 그로 인해 흔들리는 마음의 중심을 잡을 수 있고, 정서적 허기가 채워지기도 한다. 바쁘고 정신없는 일상일수록 나를 지키기 위해 자신과 대화하는 시간을 만들 필요가 있다.

온종일 몸과 마음은 아이에게 매여 있고, 육아와 가사로 매일 반복되는 삶을 살아가는 엄마들에게 글쓰기야말로 가장 좋은 취미이자 마음 처방전이 될 수 있다. 어느 날 문득 삶에 물음표가 생긴다면, 그리고 지금과 다른 삶을 살고 싶다면 글쓰기를 권한다. 이제 당신의 삶에 안부를 물을 시간이다.

인기 있는 강연자가 반드시 하는
두 가지 행동

강연 후기는 곧 강연으로 연결된다

요즘은 강연 일정이 적힌 수첩을 보며 미소를 짓지만, 처음부터 이러지는 않았다. 강연자로서 첫 시작은 존재감도 없었고 소속된 강사협회에서 주는 강연 몇 개에도 감지덕지했다. 그때는 이동 시간까지 다 고려하면 터무니없이 낮은 강연료에도 지방까지 내려갔다. 하지만 지금은 부모 교육과 리더십 교육 전문 프리랜서 강연가로 활발하게 활동하며, 의뢰가 들어온 강연은 강연료를 따지지 않고 진행할지 말지 내가 결정한다.

이렇게 강연자로서 성공할 수 있었던 비결은 의외로 간단하다. 첫 번째는 '강연 후기'이다. 나는 어떤 강연이든, 강연을 다녀오면 후기를 남기려고 노력한다. 어디서 누구를 대상으로 어떤 내용의 강연을 했는지, 반응은 어땠으며 그때 나의 기분은 어땠는지 빠짐없이 적는다. 강연 기획자가 검색할 만한 단어를 의식해서 쓰는 것은 기본이다. 나에게는 강연만큼이나 중요한 일과이다. 강연 후기는 곧 강연으로 연결되기에 진솔한 글쓰기로 이어진다.

후기는 강연의 주제에 따라 다르다. 리더십 강연은 팀별 활동으로 진행돼서 팀원의 화합에 따라 미션 수행이 잘 이루어졌는지 여부를 결정한다. 그 과정 자체가 에너지 넘치는 상황이다 보니 박수나 함성으로 끝나 후기를 쓸 때도 그 감정이 그대로 드러난다.

반면 보호자 교육은 리더십 강연과 다르다. 강연이 위로와 소통 중심으로 이뤄지다 보니 부모들은 나의 말 한마디에 웃었다가 울기도 한다. 강연 후에는 자녀와 소통의 부재로 괴로움을 호소하며 나를 끌어안고 우시는 분도 있고, 가족 관계에서 일어나서는 안 되는 끔찍한 범죄 상황을 말씀해주시며 조언을 구하는 분도 계신다. 이럴 때 나는 경청과 공감, 위로 외에는 해줄 수 있는 것이 없다. 그 안타까운 마음을 담아 부모들이 보인 감정에 공감하고 위로했던 나의 상황을 놓치지 않고 글로 풀어낸다.

이렇게 쌓인 글들은 강연 기획자에게 나를 열정 넘치는 리더십 강연자로, 청중과 진심으로 소통하는 보호자 교육 강연자로 각인시켜준다.

부재중 전화를 그냥 넘기지 말자

두 번째 비결은 모르는 번호로 전화가 와도 받는 것이다. 강연 중이라 전화를 받지 못할 때면 나중에라도 꼭 다시 전화를 걸어 본다. 광고 전화일 때도 있지만 강연 의뢰일 확률이 높고, 그 와 중에 대박을 터트리는 일도 있었기에 부재중 전화를 그냥 지나 칠 수 없다.

지자체의 지원을 받아 강연을 기획하는 정 팀장님과의 통화 가 그랬다. 나는 그 날 종일 강연이 있었고 정 팀장님은 내가 계속 전화를 받지 않으니 대신 문자를 남겨두었다. 저녁 여덟 시 쯤 정 팀장님과 통화를 할 수 있었다.

"강사님, 강사님이 쓰신 민주시민 교육 관련 글을 보고 전화 드렸습니다. 예산은 여유 있습니다. 여러 기관에 민주시민 교육 으로 8회기 강의 프로그램을 짜야 하는데 가능할까요?"

망설일 것도 없었다. 평소에도 해왔던 일이다. 그날 밤 바로 프로그램 계획서를 짜서 보냈다. 그 해 받은 큰 강연 중 하나였는데, 모두 블로그에 민주시민 교육 후기를 꾸준히 써왔던 덕분에 가능했다.

일일이 찾아가 영업하는 시대는 끝났다

이 글을 쓰는 중에 모 고등학교의 진로 담당 선생님으로부터 강연 의뢰가 들어왔다.

"강사님, 9월에 1학년이나 2학년을 대상으로 자존감 향상 프로그램을 진행해야 하는데 가능할까요?"

바로 승낙했고 2학년을 대상으로 진행하기로 결정했다. 이미 수차례 다뤄본 주제라서 통화를 하면서 바로바로 강연 진행 방향이 떠올랐고 간단한 계획서를 보내드렸다.

이런 강연들은 블로그에 꾸준히 써왔던 글에서 연계가 된 사례이다. 그 덕분에 팬데믹 시대에도 처음 몇 개월을 제외하고는 계속 강연을 할 수 있었다. 블로그 이웃, 강사 모임, 지인 강사들로부터 "어떻게 하면 강의를 많이 할 수 있지요?"라는 질문을 많이 받는다. 앞서 말한 두 가지 비결 모두 블로그 글쓰기에서 시작됐다.

블로그 글쓰기는 생각보다 간단하다. 나는 강연 후기를 내 느낌과 함께 생생하게 글로 표현한다. 블로그나 브런치에 글을 쓰지만 주로 블로그를 통해서 강연 의뢰가 들어온다. 그래서 블로그에는 간단하게라도 꾸준히 쓰려고 노력한다.

예를 들면, 오늘 강연 의뢰가 들어온 모 고등학교의 강연이 끝나면 '자존감 향상 프로그램'이라는 키워드로 정성 들여 강연 후기를 적는다. 그러면 자존감 향상 교육이 필요한 학교나 단체에서 글쓰기 플랫폼이나 SNS을 통해 자존감 향상에 관한 글을 쓴 경력 강연자를 찾을 것이다. 기획자가 검색할 키워드는 '자존감 향상', '자존감 프로그램', '고등학생 자존감 키우는 방법'일 확률이 높다. 그들은 자존감 향상 관련 글 중에서 몇 편의 글을 읽은 후 자신의 입맛에 맞는 강연자에게 의뢰하게 된다.

나뿐만 아니라 글쓰기와 무관한 직업은 절대 없다. 블로그 이웃들의 직업은 매우 다양하다. 공인중개사, 숙박업소 사장님, 의사, 변호사, 무당, 인테리어업자 등 수많은 직업인이 지금도 글을 쓰고 있다. 그들은 왜 본업만으로도 바쁜 와중에 글쓰기를 할까? 당연히 자신을 브랜딩 하기 위해서다.

소비자는 포털사이트 검색창에 자신이 필요한 키워드를 적고, 관련 글들을 꼼꼼히 읽고 비교분석 한 후 필요한 것을 선택한다. 어떤 직종이든 상관없다. 자기 일과 관련된 글을 SNS나 글쓰기 플랫폼에 꾸준히 쓴다면 확실하게 그 분야 전문가가 될 수 있다고 장담한다. 이제 자신의 콘텐츠를 팔기 위해 일일이 사람을 찾아다니며 영업하지 않아도 된다. 사람들이 나를 찾도록 시스템을 구축하면 되고, 그건 글쓰기로 충분히 가능하다.

내가 경험한 글쓰기의 힘은 여기서 끝나지 않았다. 앞서 말한 것처럼 나의 강점을 최대한 끌어올려 나를 브랜딩 하기 위해 책을 쓰고 싶었다. 나는 그동안 썼던 글로 그 꿈을 이룰 수 있었다. 강연 기획자 중에는 "책을 쓴 작가님이라서 강의를 의뢰합니다"라고 말하는 분들이 많다. 꾸준히 썼던 글은 평범한 강연자인 나를 '글 쓰는 강연자'로 만들어주었다.

처음 날 것의 나를 드러내며 썼던 글은 어떤 대가를 바라고 썼던 것이 아니었다. 그러나 꾸준히 쓴 글은 놀랍게도 엄청난 대가를 가져다주었고 나의 의식을 비롯해 주위 환경을 성장시켜주었다. 놀라운 글쓰기의 힘은 현재 진행형이다. 덕분에 글 쓰는 강연자가 되어 재미난 경험을 하며 신나고 즐겁게 살고 있다.

회사에서는 을이지만
내 인생에서는 갑이다

writer
염혜진

직업을 바꿔도 여전히 을인 이유

10년이면 강산도 변한다는데 강산이 두 번 바뀌는 동안 직장인으로 살았다. 달라진 점이라면 마케터에서 약사가 되었다는 정도?

　중고등학교 시절 내내 공부를 잘한 편이라 제약 회사에 다니시던 아버지는 내가 약대에 가길 바라셨다. 누군가가 내 미래를 결정하는 느낌이 싫어서 알겠다고 대답만 했지, 정말 약대에 갈 생각은 없었다. 내가 대입을 치를 당시에는 수시와 정시 사이에 '특차'라는 제도가 있었다. 솔직히 특차가 어떤 제도인지도 잘 모르고 학교 한 곳만 지원해 1지망은 아버지가 원하던 약학과, 2지망은 친구가 쓴다던 식품영양학과를 썼다. 그리고 보기 좋게 1지망에 떨어지고 2지망은 합격했다.

그런데 아뿔싸! 지금의 수시와 다르게 1지망이든 2지망이든 특차에 합격한 사람은 정시를 볼 수 없어 그 학교에 다니거나, 입학을 포기한다면 재수를 해야 하는 제도였다. 재수는 불가하니 어디든 빨리 졸업해서 돈이나 벌라는 부모님의 말씀에 울며 겨자 먹기로 뭘 배우는지도 모르고 식품영양학과에 들어갔다.

조리 실습 시간 동안 채소를 엉망으로 썰고 음식 간도 못 맞춰 힘들었지만, 인체 생리학과 동물 해부 실습 과목이 너무 재미있어서 막연히 교수를 생각하며 부모님의 반대를 무릅쓰고 대학원에 진학했다. 그런데 대학원 생활도 만만치 않았다. 자기 연구를 위해 나를 이용하는 연구실 언니, 무심한 지도 교수님, 지루한 과제에 지쳐 박사를 포기하고 대학원을 도망쳤다.

"저 석사만 졸업하고 약대 준비할 생각입니다. 그동안 감사했습니다."

지도 교수님께 말은 그렇게 했지만 이때까지도 약대에 갈 생각은 없었다. 대학원 경력을 살려 식품 회사 연구원 자리로 취업하고 싶었는데, 마침 졸업 즈음 어느 회사의 마케팅 부서 공고를 보았다. 어떤 일인지도 잘 모르고 지원해 덜컥 합격했다.

멋모르고 들어가 마케터로 지낸 회사 생활 2년은 자주 나의 한계를 깨닫는 시간이었다. 매출을 올린다는 일은 나에게 너무나 어려웠는데, 다른 부서에 새로 들어온 내 또래 여자 직원이 엄청나게 매출을 올리니 사람들이 너무나 자연스럽게 우리 둘을 비교하기 시작했다.

"우리 부서에도 ○○씨 같은 여직원 하나 있으면 좋겠네."

자존감이 바닥을 쳤다. 회사 생활도 재미없고 나는 왜 이렇게 쓸모없는 인간인가 회의감만 밀려왔다. 그즈음 내 마음속에 그토록 남들이 권유하던 약사가 되고 싶다는 생각이 자발적으로 생겼다. 퇴사 후 회사는 절대 돌아가지 않겠다며 공부에 매진했고, 약대에 들어갈 때만 해도 자격증만 따면 이렇게 나를 힘들게 하는 사람도 없을 줄 알았다. 하지만 대학원 생활도, 회사 생활도, 약대를 무사히 합격해 졸업하고 나서도 내 삶은 이전과 크게 다르지 않았다.

한 병원에서 약사로 근무할 당시, 주말에 자전거를 타다가 넘어져 이마가 찢어지고 코뼈가 부러지는 나름 큰 사고를 당했었다. 이마의 상처는 꿰매서 봉합하고 코뼈는 바로 세우는 것으로 끝났지만, 넘어지며 전신을 다쳐서 몸살 기운이 너무 심했다. 이틀의 병가 후 출근한 아침, 전신이 욱신거려서 하루만 더 쉬고 싶다는 내 말에 부서장은 방이 떠나가라 소리를 질렀다.

"이틀이나 수술한다고 안 나와놓고 어디서 쉬겠다는 말이 나와? 지금 졸업한 사람들보다 나이 많은 너를 뽑아준 건 그나마 성실해 보여서였는데! 너 놀다가 다쳤는데 남들한테 미안하지도 않냐!"

폭언을 가한 부서장 앞에서 나는 서럽게 울기만 했다. 말 한마디 못 하고 퇴사로 마무리했다. 갑질하는 부서장 앞에서 나는 한마디 대꾸도 못 할 만큼 한없이 작고 연약한 존재였다. 그때를 되돌아보면, 자존감이 떨어져 모든 것이 다 내 잘못처럼 느껴졌다. 상황을 객관적으로 보지 못하고 업무에 대한 평가를 나에 대한 평가로 동일시했다. 그래서 어떤 일을 하든 남들이 주도하는 상황 속에서 나는 영원히 을처럼 살 것이란 고정관념이 단단하게 박혀버렸다.

내 인생의 갑이 되는 방법

나의 고정관념을 깨준 것이 바로 글쓰기다. 사회에서는 내 의견을 제시하면 묵살 당하기 일쑤였다. 더 쉽고 효율적인 방법으로 일하자고 하면, 예전부터 이렇게 해왔으니 이 방법이 맞고 오히려 너는 더 빨리 일을 끝낸 후 쉴 생각이나 한다며 오해를 샀다. 회사에서 해마다 하는 업무 만족도 및 불편 사항 조사는 형식적인 절차일 뿐 업무 환경이 나아지지 않았다.

이러니 말이든 글이든 내가 하는 말을 사람들이 받아들일 거란 생각조차 하지 않았다. 그렇게 마케터에서 약사가 된 것처럼 다시 마음만 먹으면 무엇이든 할 수 있었는데, 내가 잘해냈던 것은 다 잊고 내가 못하는 일에만 집중해 '나'를 잃어버리고 살아왔다.

SNS에서는 달랐다. 글로 전달하는 내 말에 다른 이들이 반응해주기 시작했다. 나만 힘들고 답답한 줄 알았는데 세상에는 나보다 더 답답하고 힘든 사람들이 많았다. 그들이 나에게 공감해주고 나를 지지해주었다. 직장, 육아, 가족 문제 등 답답한 마음을 적어 내려가던 글이 조금씩 사람들에게 호응을 얻으니 글을 통해 세상과 소통하고 싶은 마음이 커졌다.

누군가가 윽박지르면 울기만 하고 회사를 나오는 것으로 나의 마음을 표현했다면, 이제는 글로 나를 표현하고 드러냈다. 글이 주는 공감의 힘을 통해 바닥을 치던 자존감도 차츰 회복되었다. 글을 쓰면서 내면의 힘도 자랐다. 무기력한 내가 처음으로 작가를 꿈꾸게 되었고, 작가가 되려면 무엇부터 해야 하는지 알아보고 행동도 하게 만들었다. 출간 기획서를 다듬고 글을 고치고 내 글과 결이 맞는 출판사의 문을 두드렸더니 반겨주는 곳도 생겼다.

출간 작가가 되니 여기저기서 강연 의뢰가 들어왔다. 아침에 일어나 글쓰기, 필사와 독서 등 루틴을 통해 나를 변화시켰다는 내용의 첫 책에 공감해주는 사람이 많았다. 글을 통해 얻은 자신감이 사람들 앞에서 말을 하는 데 필요한 자신감도 심어주었다. 내가 쓴 글을 바탕으로 나만의 스토리를 듣기 위해 모인 사람들 앞에서는 오롯이 내가 주체가 되어 강의를 이끌었다. 누군가가 억지로 시켜서 하는 일이 아닌 내가 주체가 되는 삶은 재미와 의미를 추구하는 내가 꿈꾸던 바로 그것이었다.

글쓰기는 나를 진정한 내가 되게 만들었다. 물론 아직도 회사에 다니고 있으니 예전처럼 답답한 일이 반복되고, 내가 을로 살고 있다고 느낄 때도 많다. 하지만 내면은 달라졌다. 이 세상이 나를 힘들게 하려고 시련을 준 것이 아니라, 모든 상황을 통해 더 나은 내가 될 수 있는 장을 마련해준 것이라고 믿는다.

만일 지금의 내게 예전과 같은 상황이 다시 벌어진다면, 더 이상은 나를 '피해자'로만 남겨두지 않고, 틀린 건 틀렸다고 말하고 업무에 대한 평가와 나를 동일시하지 말라고 말할 수 있는 사람이 되었다.

오늘 아침에도 같은 시각에 일어나 회사에서 깨지고 부딪힐 걸 알면서도 출근에 성공한 나를 위로하고 안아준다. 아직 출근할 곳이 있고 나를 사랑해주는 가족이 있는 삶, 글을 쓰며 성장하는 나를 지켜봐준 많은 이들을 떠올리며 감사한 마음으로 하루를 시작한다.

남들에게 하는 갑질이 아닌 나 스스로, 내 인생에 갑력을 갖추는 일. 나도 했으니 여러분도 할 수 있다. 그저 쓰면 된다. 다음이 어떻게 될지 걱정하지 말자. 삶이 나보다 더 잘 아니까.

3장

내 글이 삶을 바꾸는 순간

평생직장을
얻다

writer
이윤지

나는 누구인가? 정체성을 찾고 싶었다

"여러분 안녕하십니까. 전 YTN, KBS 아나운서 이윤지입니다.
반갑습니다."

어느 순간부터 자기소개를 할 때 '전(前)'이라는 글자가 두드
러지게 다가왔다. 전 아나운서라면 지금은 아나운서가 아니라
는 것인가? 아나운서는 어느 회사에 속해 있어야만 정체성이
명확해지는 것일까? 아이를 낳은 후부터는 직업란에 '주부'라
고 적기 시작했다. 살림하며 아이를 키우고 있으니 주부인 것은
명백한 사실이기 때문이다.

그러나 점차 나의 '일'에 대한 명확한 정체성이 간절해졌다.

공인중개사 공부를 해볼까? 한국어 교사 자격증과 그간의 경력을 바탕으로 스피치 학원을 차려볼까? 대학원이나 MBA 과정을 밟아볼까? 머릿속을 스치는 많은 후보들 중에 불꽃처럼 뜨겁게 마음을 흔드는 것은 없었다.

당시, 아이가 잠들고 나면 명사의 강연을 자주 찾아 듣곤 했는데 우연히 김미경 강사의 동기부여 강의를 보게 되었다. 문득 무대에서 사람들과 소통하는 DNA가 내 안에 꿈틀거리는 것을 느꼈다. '아, 나도 저렇게 삶의 이야기를 나누는 강연자가 되고 싶다.'

그러기 위해서는 일단 세상에 나를 알려야 했다. 전 아나운서이자 현 주부에게 지금 당장 강연 자리가 들어올 리 만무했다. 무얼 해야 할까 고민하던 중 강원국 교수의 글쓰기 강연을 만났다.

"여러분, 글을 쓰세요. 작가는요. 전직(轉職)이란 게 없어요. 한번 작가는 평생 작가입니다!"

아, 이거다! 아이를 키우며 집안일을 하는 내게 세상으로 나아가기 위한 최선의 방법은 글을 쓰는 것이란 생각이 들었다. '작가'라는 직업이 생기면 취업에 성공한 듯한 자신감을 얻을 수 있을 것 같았다.

임신을 하며 직장을 그만두긴 했지만 집에서도 머릿속은 항상 바삐 움직이고 있었다. 그동안 해온 '일'과 좋아하는 '말'에 대한 생각을 한 조각 한 조각 모아봤다. 이를 정리하여 대화법에 관한 글을 썼고, 감사히 긍정적인 의견을 주신 출판사를 만났다. 그 후로 나의 삶은 180도 달라졌다.

눈 한번 질끈 감고, 주먹 불끈 쥐고 일단 도전

출간과 동시에 출판사에서 사인회를 열어주셨다. 이런 자리는 특별한 사람들만 갖는 것이라 생각해왔는데, 믿기지 않았다. 커다란 건물 1층에 들어서자마자 나를 반겨주던 수북이 쌓인 책 풍경은 평생 잊지 못할 것이다. 책을 구매해주신 한 분 한 분께 고마워 사인을 할수록 손이 아프기는커녕 힘이 났다.

며칠 뒤에는 생애 첫 북토크를 통해 소중한 독자들 곁에서 '나'의 이야기를 나눌 수 있었고, 공중파 및 팟캐스트 방송에 출연하여 그리웠던 마이크 앞에 서기도 했다. 여러 기관에서 강연 의뢰가 들어왔고 무대에서 소통하고 싶었던 강연자라는 꿈에 한 걸음씩 다가갔다.

글로 담고 보니 일사천리로 진행된 듯하지만, 어느 하나 눈

질끈 감고 도전하지 않은 자리가 없었다. 아이만 키우다가 오랜만에 사회로 발을 내딛기도 했고, 작가로서는 모든 일이 처음이었다. 출연이나 강연 제의를 받을 때마다 '내가 잘할 수 있을까?' 하는 생각이 몰려왔다. 그래도 두 주먹 불끈 쥐고 일단 뭐든 해보니 배움이 컸다. 크고 작은 일에 도전하며 두려움을 이겨낸 경험은, 나도 할 수 있다는 자신감과 용기를 불어넣었다.

누군가가 직업을 물어보았을 때 "작가입니다"라고 당당하게 말할 수 있게 된 것도 달라진 점이다. 가족과 친구들도 처음에는 "오, 이 작가. 왔어?" 하며 다소 장난스러운 말투로 인사했지만, 꾸준한 모습을 보여주니 이제는 자연스럽게 작가로 인정해준다. '쓰는 사람'이라는 정체성을 얻은 것만으로도 뿌듯하고 벅차오른다.

눈에 보이는 너머의 세상을 나누는 작가 친구들

아이와 손을 잡고 걸을 때 유난히 '민들레'가 눈에 들어오던 날들이 있었다. 민들레가 이전과는 다르게 다가왔다. 단순히 꽃이 아니라 '끈기, 인내, 집념, 생명력'으로 느껴져 애잔하고 기특한 마음이 들었다. 아스팔트 한복판에 꿋꿋하게 피어 있고, 눈에 띄지 않는 벽돌 사이에서 꽃을 피우고, 들판 어귀에 우뚝 솟아 있는 민들레를 보며 눈시울이 붉어지기도 했다.

이런 마음은 누군가와 나누기 난감했다. 갑자기 남편을 앉혀 놓고 "여보, 민들레를 보면 처절한 기상이 느껴지지 않아?" 하면 놀란 눈으로 볼 것이 분명했고, 오랜만에 만난 친구들과 안부를 나누는 자리에서 "너희는 민들레를 보면 어떠니? 난 때로 눈물이 나" 하기도 영 대화 흐름에 맞지 않아 보였다.

한참 민들레가 머릿속에 둥둥 떠다니던 시기, 집에서 실내 자전거를 타다 문득 브런치에 '민들레'라는 단어를 검색해보았다. 그 결과를 살펴보는데 땀이 뚝뚝 떨어지는 중에도 입꼬리가 씩 올라갔다. 민들레를 주제로 나와 비슷한 생각을 가지고 있는 작가들이 많았다. 민들레를 담은 글도 어찌나 풍성하던지, 스크롤을 끝까지 다 내려볼 수도 없었다.

상위 열 개 정도의 글을 읽어보니, '민초 민들레, 희망의 민들레, 엄마 생각 민들레, 홀씨로 퍼져나가는 민들레' 등 작가들의 다양한 시선을 만날 수 있었다. 눈에 보이는 너머의 속성을 통찰하며 저마다의 스토리를 나누는 사람들이 참 반가웠다.

실제로 책을 내고 많은 작가 지인들이 생겼다. 때로는 쑥스러운 마음에 살포시 가면을 얹고 만나기도 하는데, 신기하게도 이들은 그 너머의 진의를 헤아려준다. 글을 쓴다는 것은 나의 무언가를 하나라도 더 나누고 싶어 하는 마음이라 생각한다. 그래서인지 다들 받기보다는 조금이라도 더 주고자 하는 성품을 지니고 있다. 그 깊은 마음씨에 한마디를 나누어도 눈시울이 붉어지고 위안이 된다. 그렇게 나는 작가 친구들에게 진정한 배려와 사랑을 배우고 있다.

우리는 모두 예비 작가이다

중국 극동 지방에는 희귀종인 모소 대나무가 살고 있다. 이 모소 대나무는 씨앗이 뿌려진 후 4년 동안 3센티미터밖에 자라지 않는다고 한다. 아무리 정성스럽게 물을 주어도 4년 동안 아기 새끼손가락 길이밖에 자라지 않는 것이다. 그런데 미동도 하지 않던 모소 대나무가 5년 무렵이 되면 매일 30센티미터씩 자라 한 달이 지나면 15미터 이상 성장한다고 한다. 그렇게 5년이 더 지나면 금세 울창한 대나무 숲이 만들어진다.

  작가가 되고 이 이야기가 남다르게 다가오는 이유는, 모든 이들이 '예비 작가'로 느껴지기 때문이다. 아직 3센티미터 남짓이라 눈에 띄지는 않지만 누구나 무한한 잠재력을 품은 모소 대나무와 같다는 생각이 든다.

요즘 들어 지인들에게 "글 한번 써보세요" 하고 권하는 일이 많아졌다. 오랜만에 만난 선배 언니에게도, 내 머리를 믿고 맡기는 미용사에게도, 매일 보는 남편에게도 자주 이야기한다. 그러면 모든 이들의 반응이 똑같다. 일단 "제가요? 아이, 나 글 못써" 하며 손사래를 친다. 그러면서도 글을 써보지 않겠냐는 이야기를 들은 그 몇 초의 찰나, 눈동자가 반짝인다. 말로는 쑥스러워 사양하지만 분명 눈빛으로는 짧은 시간 동안 설렘을 보여준다. 글과 책을 좋아하던 어린 시절 이야기를 들려주기도 한다.

나의 이야기를 나누고 싶은 작은 씨앗이 있는 것만으로도 예비 작가로서의 자질이 충분하다고 생각한다. 나 또한 그랬다. 지금 당장 전문 작가처럼 일필휘지하지 않을지라도, 몇 년간 단한 번도 글을 쓰지 않았더라도 삶을 살아가는 여정이 바로 작가로서의 준비 과정이다. 4년이 넘는 시간 동안 땅속에서 깊고 단단하게 뿌리내리는 모소 대나무처럼 말이다.

내 마음을 향한 안테나를 활짝 열어보자. 어느 날 문득 단 한마디라도 나의 생각을 수첩이나 SNS에 남기고 싶어진다면, 바로 그때가 모소 대나무 3센티미터의 시작일 것이다. 그 순간을 놓치지 말았으면 한다.

글을 써가는 지난한 여정 속에서 나는 늘 3센티미터밖에 성장하지 않은 것처럼 보일 수도 있다. 그럼에도 가슴속에서 들려오는 이야기를 꾸준히 적어보자. 비록 눈에는 보이지 않지만 글쓰기 내공의 뿌리는 깊게 뻗어나갈 것이다. 평생직업을 가진 '작가'들 모두 이렇게 시작하여 울창한 나무가 되었다.

우리 함께, 숲에서 만나요!

숨은 씨앗이
만개하는 시간

writer
엄명자

제 꿈은 연예인입니다만

'아! 나도 연예인이 되고 싶다. 언젠가 저 사람들처럼 광고도 찍고 방송도 할 거야.' 초등학교 교사로 근무하며 여러모로 안정감을 찾아가던 마흔 즈음, 마음 깊숙한 곳에서 조금씩 흘러나오는 비밀스러운 목소리가 있었다. TV 드라마나 광고를 보면서 이따금씩 그 목소리는 더 선명하게 들려왔다.

교대를 나와 평생을 교육자로 살아야 하는 내가 '연예인'이라니, 무슨 뚱딴지같은 소리인가? 스스로도 너무 어이없어서 불쑥불쑥 올라오는 욕망을 억누르기 바빴다. 연예인의 꿈은 나와는 완전히 딴 세상 이야기라 생각했다. '뭐? 연예인이 되고 싶다고? 그게 가당하기나 한 얘기야? 넌 지금 초등학교 선생님이잖아. 쓸데없는 생각 말고 아이들이나 잘 가르치지 그래!'

곰곰이 생각해보면 어릴 때부터 이런 씨앗이 숨겨져 있었던 것 같다. 수업 시간에 내가 책을 읽는 모습이나 발표하는 모습을 본 선생님들께서 이렇게 말씀하셨다.

"야! 너 실감 나게 연기 잘한다. 구연동화도 잘하겠는데."

"목소리가 좋으니 방송반 해봐."

"똑똑하고 성격도 똑 부러지니 웅변대회에 나가 봐."

학급이나 학교 대표로 이런저런 대회에 나가면서 나는 막연히 언젠가 성우나 아나운서가 되거나 연예인이 되고 싶다는 생각을 품게 되었다. 그런데 꿈과 현실은 너무도 달랐다.

조금 더 자라서 고등학교 3학년이 되자 담임선생님은 진로 상담 시간에 "교대에 가면 좋겠다"라고 말하셨다. 그 한 마디에 '텔레비전에 내가 나왔으면' 하는 꿈은 아득해지고 말았다. 대입 시험 성적과 가정형편을 고려한 선생님의 혜안임을 너무도 잘 알고 있었기에 따를 수밖에 없었다.

하지만 그 끼는 어디 가지 않고 은연중에 나의 일상 속에서 조금씩 드러났다. 대학 생활이 시작되고 얼마 되지 않아 처음

다방(지금은 카페)에 갔는데 신나는 음악이 쿵쾅쿵쾅 울려 퍼졌다. 나는 다른 사람들의 시선에 아랑곳하지 않고 몸을 들썩이며 음악에 맞추어 앉은 채로 춤을 추었다. 친구들은 창피하다고 그만하라고 했지만 내 안에 숨겨진 신명을 주체할 수가 없었다.

대학 축제 때는 친구들과 댄스 팀을 꾸려 공연을 하고, 학교 앞 다방에서 음악 DJ로 활동하기도 했다. 뮤지컬이나 연극 공연을 본 날은 마치 오랫동안 떠나왔던 고향으로 돌아간 느낌처럼 묘한 감정에 휩싸였다.

초등교사가 된 지 얼마 안 됐을 때에는 네모상자 같은 프레임에 나를 맞추어 사느라 정말 힘들었다. 직장 생활에 조금씩 적응하면서 그 안에서 할 수 있는 것들을 해나가기 시작했다.

연극에 마음이 끌려 '교육 연극' 연수도 받고 실제로 연극 무대에도 서보았다. 학예회 때는 학생들과 연극 공연을 준비해서 무대에 올렸는데, 모든 과정에서 정말 최선을 다해서 지도했다. 휴일에도 출근해서 무대 배경을 그리거나 소품을 만들고 소리를 녹음하는 열성을 보였다. 옛날 어른들이 말하는 '딴따라'의 씨앗이 여기저기서 삐져나온 것이다.

세월이 흐르고 바쁘게 살다 보니 잠재의식 속에 숨어 있던 연예인에 대한 꿈은 한동안 잊고 살았다. 그러나 연예인처럼 누군가에게 주목받고 싶고 사랑받고 싶은 욕망은 여전히 강하게 남아 있었다. 나를 내보이고 싶은 욕망은 글을 쓰고, 그 글을 사람들에게 퍼 나르는 것으로 이어졌다. 한 편 한 편 글을 쓰면 다른 사람들에게 읽히고 싶어 안달했다.

처음엔 가족들, 지인들, 내 글에 관심을 가지고 사랑해주는 사람들 중심으로 글을 퍼 나르다가 조금씩 확장해나갔다. 처음엔 카페에 글을 써서 링크를 보내면 사람들이 읽을 수 있는 시스템으로 글을 공유했다. 어떨 땐 자괴감이 들기도 했다. 내가 퍼 나르는 글이 귀찮거나 싫은 사람도 있을 텐데, 글을 자랑하고 싶고 나를 내보이고 싶은 욕망 때문에 멈출 수가 없었다. 그러다 '내 글을 다른 사람들이 찾아서 읽도록 책을 내보자'라는 결심을 하게 되었다.

연예인처럼 많은 사람들 앞에서 주목받고 싶어 하던 그 꿈은 예상하지 못한 곳에서 이루게 되었다. 첫 책을 출간하고 작가가 되면서 유튜브, 강의, 출간 등 여러 군데에서 러브콜이 쏟아졌다. 책을 쓸 때만 해도 '책 한 권만 내보면 소원이 없겠다'라는 마음이었는데, 작가가 되니 생각지도 못했던 신세계에 발을 내딛게 되었고, 연예인과는 비교할 수 없겠지만 많은 사람들에게 영향력을 발휘하게 되었다. 그 옛날 어릴 때부터 속절없이 마음속에서 올라오던 씨앗이 책을 기회로 만개한 것이다.

가장 먼저 활약하게 된 분야는 방송 쪽이었다. 우리나라에서 내로라하는 인플루언서가 운영하는 여러 개의 유튜브 채널에 초대되어 자녀 교육에 관한 인터뷰를 했다. 교육 관련 인사이트와 교육 철학을 이야기할 수 있는 좋은 기회였다. 그 이후에 지인의 소개로 팟캐스트 방송에도 참여했다. 사회자와 함께 이야기를 나누는데, 왜 그렇게 즐겁고 신이 나던지. 물 만난 물고기가 따로 없었다. 오랫동안 잊고 지내던 '끼'를 마음껏 발휘할 수 있었다.

그날을 계기로 지금은 나의 SNS 채널에서 매주 전문가들과 협업하여 라이브 방송이나 줌 강의를 하고 있다. 내 채널은 자녀 교육에 대한 고민을 해결해주거나 새로운 정보를 주는 유용한 채널로 자리 잡아가고 있는 중이다.

두 번째는 강의 영역이다. 작가가 된 이후에 교육청, 학교, 도서관 등에서 학부모 교육과 글쓰기, 책 쓰기 등에 대해 강의해

달라는 요청이 많이 들어왔다. 지금까지 35년 동안 초등교육 현장에서 근무하면서 몸과 머리로 익힌 노하우를 많은 분들과 나누게 되었다.

지나온 내 삶과 내가 알고 있는 것들이 누군가에게 도움이 된다는 것은 참으로 의미 있고 가치 있는 일이다. 보잘 것 없던 나의 삶이 새로운 계기로 환대받는 느낌이었다. 내가 굳이 나의 가치와 쓸모를 확인받으려 안간힘을 쓰지 않아도 사람들이 먼저 찾아주니 얼마나 행복했겠는가.

세 번째로 활약한 영역은 멋진 작가님들과의 만남이었다. 책을 내고 SNS를 하면서 자연스럽게 온라인에서 많은 분들을 만났다. 심지어 미국, 멕시코, 스페인, 핀란드 등 다양한 나라의 작가들과도 소통하고 협업을 했다.

코로나19 바이러스로 인한 제재가 서서히 풀리면서 오프라인에서 많은 분들을 만났는데, 열정도 많고 관심사가 비슷해서인지 오래 알고 지낸 사람처럼 익숙한 느낌이 들었다. 역량이 어마어마한 그들에게서 나는 삶의 목표를 이루는 노하우도 배우고, 새로운 아이디어나 인사이트도 얻었다. 함께 이야기를 나누면 몇 시간이 순식간에 지나갔다.

지금도 여전히 마음속에 연예인이 되고 싶은 소망은 사라지지 않았지만, 글쓰기와 책 출간을 계기로 그에 못지않은 삶을 살고 있기에 매일이 참 행복하다. 많은 분들의 응원과 지지, 사랑을 받는 것도 좋고 내가 좋아하는 것을 하면서 가진 것을 나누며 선한 영향력을 발휘할 수 있어 더없이 즐겁다.

이 모든 것은 꾸준히 글을 써왔기 때문에 가능한 일이었다. 앞으로도 이 선물 같은 시간을 많은 분들과 나누며 함께 배우고 성장하고 행복으로 채워나가고 싶다.

글을 쓰고
삶을 더 잘 살고 싶어졌다

내 글을 읽는 독자가 많아지기를 바라는 마음

며칠 전 회사 후배가 내 옆을 지나가다가 한쪽 눈을 찡긋하며 말했다.

"선배님, 글 잘 보고 있습니다. 팬입니다. 헤헤."

능글맞은 표정 뒤로 브런치에서 후배의 이름과 같은 닉네임을 한 구독자의 댓글을 봤던 기억이 떠올랐다. 설마설마했는데 진짜 후배였다니. 예전 같으면 어쩔 줄 몰라 얼버무렸을 텐데 이제는 당당하게 드러낸다.

"오, 고마워. '좋아요'는 필수인 거 알지?"

이렇게 뻔뻔할 수가. 후배는 당연하다는 듯 엄지를 척 내세웠다. 발도 없는 소문은 금세 퍼져 이제는 곳곳에서 내가 글을 쓴다는 것을 알게 되었다. 생각해보면 내 글을 읽어주는 한 명 한 명의 독자가 모두 소중한 존재이다.

처음엔 회사에 최대한 알리지 않으려 조심했다. 혹여나 일은 하지 않고 딴짓한다는 편견을 가질까 두려웠다. 그러나 글을 쓴다고 해서 회사 생활에 지장을 주는 것도 아니고 오히려 활력을 가지고 더욱 열심히 일하게 된 후로는 스스로 가둔 틀에서 벗어났다.

주변에서도 긍정적인 시선으로 바라봐주었다. 바쁜 와중에도 시간을 쪼개 글도 쓰고 책도 내는 부지런한 사람이란 이미지였다. 지인들과의 카톡방에서 나는 '신 작가'라고 불린다. 등단한 적도 없는데 작가라니. 몹시 황송하지만 내 이름 석 자로 낸 책이 세상에 나왔기에 틀린 말도 아니었다. 그동안 대한민국에서 아들, 남편, 아빠, 직장인으로 살아왔는데, 거기에 '작가'란 타이틀이 하나 더 붙었다.

생애 첫 북토크를 하다

올해 초에 가족과 꾸준히 독서 모임을 한 기록을 책으로 엮었다.

책을 내고 여러 일들이 마법처럼 펼쳐졌다. 그 시작은 '온라인 매일 글쓰기' 회원들을 대상으로 한 북토크였다. 비록 실제 대면하지 않은 온라인 공간에서 진행되었지만, 열기가 대단했다. 달밤에 초롱초롱한 눈빛이 화면을 뚫고 나왔고, 그들을 위해 나는 독서 모임을 할 때 활용할 수 있는 노하우를 대방출했다.

곧이어 출판사에서 대면 북토크를 기획했다. 기대 반 걱정 반으로 모객을 기다렸는데 다행히 금세 마감되었다. 북토크가 열린 날, 참여자 중에는 저 멀리 포항에서 오신 분이 있었고, 남성분들도 있어 반가웠다. 처음엔 얼마나 떨렸나 모른다. 우리 가족의 이야기를 글로만 써봤지, 낯선 사람들의 얼굴을 직접 마주하고 꺼내본 적이 없어 부담이 컸다. 나름대로 강의를 많이 했다고 자부했는데 긴장되어 이마에 땀까지 가득 흘렀다.

땀에 젖은 옷이 다 마를 때쯤 북토크가 끝났다. 마지막 순서로 질의응답 시간을 준비했는데, 많은 분이 손을 들어주신 덕분에 정해진 시간이 훌쩍 지나 자리를 마무리할 수 있었다. 나에게 사인을 받고 나와 사진을 찍으려 자리를 계속 지켜주시는 몇몇 분을 보고 있으니, 마치 내가 뭐라도 된 듯 어깨가 들썩였다. 글 쓰는 동안 남몰래 꿈꿔왔던 장면이었다. 오늘 그 꿈을 이루다니! 북토크가 끝나고도 한동안 설렘을 주체하지 못했다.

그 뒤로도 가족 독서 모임을 더 많은 곳에 알리고 싶은 나의 마음이 닿았는지 감사하게도 여러 곳에서 강연과 원고 요청이 이어졌다. 글을 쓰고 강연 자료를 만들어야 한다는 부담은 있었지만, 모두 감사한 일이기에 들어오는 일을 마다하지 않았다.

한창 회사가 바쁜 시기라 주중엔 일에 집중하고, 주말엔 오롯이 글의 세계 속에 빠져 살았다. 무엇도 놓치고 싶지 않았다. 사실 이런 변화가 놀랍다. 전에는 부담되는 일이 생기면 등껍질 안으로 온몸을 숨기는 거북이처럼 움츠러들었는데, 글을 쓰기 시작하면서 저 아래 숨어 있던 욕망이 기꺼이 수면 위로 튀어 오른다. 매일 반복되는 일상에서 벗어나 가슴 뛰는 일을 하고 싶은 욕망이!

우연한 기회에 책을 내고 '작가'라는 타이틀을 얻게 된 현실이 여전히 믿기지 않지만, 이제는 그 길을 당당하게 나아갈 용기가 생긴다. 내가 쓴 글이 누군가의 마음에 닿아 실제 그의 삶이 달라진 것을 목도한 이후로는 글의 무게를 잊지 않는다. 더 좋은 글을 쓰고픈 열망은 새로운 도전을 부채질한다.

최근 교보문고 스토리공모전 단편 소설 분야에 응모했다. 그간 틈틈이 써놓았던 습작을 모아 제출했다. 지인에게 내가 쓴 소설의 소재를 이야기해주었더니 무척 흥미롭다며 많은 응원을 보내주었다. 소설책을 이미 여러 권 낸 회사의 친한 선배는 기꺼이 내 글을 다듬어주었다. 아쉽게도 수상으로 이어지지는 못했지만, 여기서 멈추지 않고 계속 퇴고하고 살을 붙여 도전해볼 예정이다.

언젠가 내 이름 앞에 소설가란 석 자가 붙을 날이 오리라 믿는다. 꿈을 꾸는 사람만이 이룰 수 있다는 말처럼 계속해서 새로운 시도를 멈추지 않으리라. 읽히는 글을 쓰고 싶다. 내 글을 읽고 공감하는 사람이 많아지길 바라기에 지금보다 좀 더 나은 삶을 글에 담아야겠다는 다짐을 한다.

나를 위한 글이 타인을 위한 글이 되다

최근에 '매일 글쓰기' 단체 카톡방에서 회원 몇몇이 가족 독서 모임을 시작하게 되었다는 소식을 전했다. 특히 한 분은 남편이 절대 움직이지 않을 것 같아 망설였는데 온라인 북토크에 참여한 후 용기를 내어 권했더니 하겠다고 했단다. 어찌나 기뻤는지 모른다. 평소에는 잘 쓰지도 않는 이모티콘까지 동원해서 한가득 응원을 보냈다. 이 모든 일이 글이 가진 선한 영향력이었다. 이제는 어떤 책임감마저 든다. 앞으로도 누군가에게 선한 영향력을 미치는 사람이 되고 싶다.

그러기 위해선 나에게만 머물던 과거를 넘어 주변으로 눈을 돌려 끊임없는 애정과 관심을 주고받으며 성장해야 한다. 이제는 할 수 있다는 자신감이 있다. 글은 이미 내 안에 깊숙이 자리 잡았고, 나아갈 방향에 밝은 등불이 되어주었다. 좋은 글을 쓰고 싶은 만큼 좋은 삶을 살기 위해 오늘의 하루하루에 최선을 다해본다.

나를 들여다본 시간이 열어준
또 다른 길

나를 낱낱이 이해하고 더 깊게 끌어안으려면

"글을 쓰다 어린 나를 만날 때는 자판을 두드리던 손길을 머뭇거리기도, 가슴이 먹먹해지기도 했다. 마음을 헤집던 하루를 풀어내며 내 안에 요동치던 감정들을 다스리던 순간도 있었다. 글을 쓰며 나를 만나고, 쓰다듬고, 토닥이던 시간은 살아온 삶 중 가장 오래, 그리고 깊이 나를 들여다보는 시간이었다."

처음 브런치에 글을 올리기 시작한 후, 100번째로 쓴 글의 일부다. 어린 시절의 나를 회상하며 노트북 자판을 두드리다 내 안의 어린 나를 만난 날, 안쓰러움과 애틋함이 몰려와 눈이 벌게지도록 울었다.

164

가족과 일, 인간관계 등 나를 둘러싼 세상과 한바탕 격전을 벌인 날, 글로 쏟아내지 않았다면 요란하던 내 감정을 어떻게 다스릴 수 있었을까. 그렇게 글에 나를 쏟아부은 날엔 마음이 후련해지곤 했다. 더 이상 나를 괴롭히는 것들에 나를 가둬둘 필요가 없었다.

어릴 적 부모님은 사정상 생후 1년 가까이 지나서야 나를 호적에 올리셨다. 그러다 보니 친구들보다 1년 먼저 50세를 맞이하게 될 운명이었다. 쫓기듯 40대를 보낸 것처럼 준비 없이 50대를 맞이하고 싶지 않아서 관련 고민이나 주제가 떠오를 때마다 글을 썼다. 내 브런치에서 이 글들을 모아놓은 매거진의 제목은 '두 번째 봄'이다. 20대에 준비 없이 맞았던 첫 번째 봄은 눈부셨지만 상처투성이었다. 두 번째 봄은 찬란하진 않더라도 허둥대며 맞고 싶지 않았다. 단번에 빛나는 글을 쓰긴 어렵지만, 쓸수록 내면의 나와 더 가까워진다는 것은 분명하니까.

얼마 전, 한창 '50 직전 앓이'를 겪는 친구가 "넌 어찌 그렇게 조용히 지나갔느냐"라고 물은 적이 있다. 조용히 지나갔다니, 그럴 리가. 내 안에서 뒤집어지던 거대한 파도가 글 속에서 얼마나 거셌었는데. 자신을 들여다보며 글을 쓴다는 것은 자신의 뿌리까지 낱낱이 이해하고 더 깊게 끌어안는 일이다. 그러니 나도 내 감정을 어쩌지 못할 때일수록 글을 써야 한다. 쓰는 것만으로도 치유받는 기분은 쓰는 사람만이 느끼는 해방감이다.

기꺼이 맡고 싶은 9퍼센트 확산의 기여자 역할

글을 쓰니 삶이 달라지고 그 이야기가 책이 되어 새로운 세상을 만나게 된 사람의 다음 행보는 무엇일까? 당연히 글쓰기 전파다. 90퍼센트의 관망과 소비만 하는 삶에서 1퍼센트의 생산자가 되려면 반드시 거쳐야 할 관문, 9퍼센트 확산의 기여자 역할 말이다.

주 1회 만나는 화실 선생님은 "뭔가 시작하면 일단 3년이라는 기한을 정해둔다. 그러면 뭔가 이루어지지 않는 것에 대한 조급함이 덜하더라"는 내 말에, 그만두었던 일러스트를 다시 그려 짧은 글과 함께 인스타그램에 게시하기 시작했다고 했다. 자비로라도 책을 내볼 예정이라는 친구에게는 일단 글을 열심히, 진심을 다해 쓰고 글이 어느 정도 모였을 때 출판사에 투고해보라고 권했다. 친구는 브런치에 글을 쓰며 차곡차곡 글을 쌓아가는 중이다.

최근에 글을 쓰라고 열심히 공들이고 있는 사람은 30년 지기 친구 진영이다. 여고 동창인 진영은 오래전 고등학교 문예반에서 함께 글을 썼던 친구였다. 나보다 감수성이 100만 배는 풍부하고 예민한 어휘 감각을 가진 진영은 천상 글을 쓸 사람인데, 학교를 졸업한 이후로는 글쓰기와 멀어졌다.

나도 그녀처럼 글쓰기와 오래 떨어져 살다 이제 돌아와 쓰고 있으니 언젠가는 그녀 또한 돌아오리라 믿는다. 울퉁불퉁 쌓인 그녀의 삶이 오랫동안 벼려온 문장들과 만날 때 어떤 광채가 날지 기대된다. 그래서 걸핏하면 맥락 없이 친구들 단톡방에 한마디씩 남긴다.

"넌 언젠가 쓸 애야. 그래야 네 삶이 더 나아져."

처음엔 귓등으로도 안 듣는 척하더니 요즘 진영의 반응이 심상치 않다.

"네 말을 주문처럼 자꾸 들으니 언젠가 뭐라도 쓰지 않을까… 싶다."

글 한 편 공개하지 않은 친구의 글을 난 예비 독자로서 1열에 미리 앉아 기다리고 있다.

다음으로 글쓰기를 하라고 공들이고 싶은 사람은 바로 이 글을 읽고 있는 '당신'이다. 시간이 부족해서, 여유가 없어서, 재능이 없어서… 글쓰기를 하지 않을 이유는 차고 넘친다. 그러나 우리가 바라는 것은 시간이 많을 때 이루어지는 게 아님을 우린 이미 경험으로 알고 있다.

우선 하고 싶은 '무엇'을 찾고, 미루지 말고 '바로' 시작하자. 하고 싶은 일을 아직 찾지 못했다면 힘들고 지친 하루, 소비되어 너덜너덜해진 내 마음을 그저 한 줄 쓰기로라도 비워냈으면 좋겠다.

재능이 없다고 손사래를 친다면 꾸준함으로 나아질 글쓰기의 막강한 힘을 일단 믿어보길 바란다. '시작'한다는 것은 '능력의 확장'이라는 씨앗을 심는 일이다. 일단 씨앗을 심어야 싹이 나든, 열매가 맺든 할 수 있지 않겠는가. 아무것도 하지 않는 사람에겐 아무 일도 일어나지 않는다는 사실을 기억하자. 그리고 오늘 당장, 이 한 줄을 쓰자.

난 오늘부터 '쓰는 사람'이 되어 나를 돌보기로 결정했다!

꾸준히 쓰고 싶어 마련한 나만의 루틴

글 쓰는 공간을 블로그에서 브런치로 옮기면서 내 생활에도 변화가 찾아왔다. 책 한 권 낸 적이 없어도 '쓰는 사람이 작가'라고 말해주는 공간에서 글을 쓰니 마냥 흥이 났다. 매일 쓰고 싶은 마음에 두 가지 '루틴'을 정해 글쓰기를 습관화했다.

첫 번째 루틴은, 하고 싶은 일과 해야 하지만 하기 싫은 일을 한데 묶어 이어서 사고하는 것이다. 제임스 클리어의『아주 작은 습관의 힘』이라는 책을 읽고, 해야 하는 일을 일상의 습관으로 만들기 위해 가져야 할 사고 및 행동 방식에 깊은 감화를 받았었다.

예전의 나는 급한 일을 먼저 손대야 할 때도 그런 일은 대개 좋아하는 일이 아닌 경우가 많아서 뒤로 미루곤 했었다. 급하지도 않고 아무 때나 할 수 있지만 더 흥미로운 일을 먼저 하면서 시간을 보내다가 마감 시각이 임박해서야 급한 일을 허둥지둥 끝내는 경우가 잦았다. 그런데 이 책의 저자는 해야 할 일(보통 하기 싫은 일)과 정말 하고 싶은 일을 연결시켜 그게 마치 하나의 일인 것처럼 사고하라고 제안한다.

예를 들어 시험 공부를 해야 하는데 재밌는 소설책을 먼저 읽고 싶다면, 소설책 읽기를 뒤쪽으로 배치해서 '시험 공부 한 시간 후, 소설책 한 시간 읽기'와 같이 생각하는 방식이다. 습관으로 만들고자 하는 일에 대해 구체적으로 생각할수록 실현 가능성이 커진다. 나는 '브런치에 매일 한 편의 글쓰기'를 습관화하고 싶었다. 그래서 종이에 다짐을 적어 내가 글 쓰는 공간인 화장대 거울 앞에 붙였다.

저녁 식사 후(연결 동작) 7시 30분부터 두 시간 동안(시간) 화장대 앞에서(장소) 브런치에 글 한 편 쓰기(습관화하려는 행위).

이렇게 했더니 퇴근 후 저녁 식사를 준비하고, 치우는 일련의 과정이 매일 해야 하는 의무가 아닌 '하고 싶은 일을 하기 위해 나를 예열하는' 시간으로 인식되었다.

두 번째 루틴은, 쓸 소재가 생각날 때마다 바로 휴대폰 메모 앱에 기록하는 것이다. 어느 날 아침에 눈을 뜨자마자 쓸 소재와 그것을 둘러싼 이야기의 기승전결이 완성형으로 쭉 떠올랐었다. 다른 때 같았으면 바로 메모장에 핵심어라도 간단히 기록했을 텐데 그날은 출근 준비로 바빠서 메모를 건너뛰고 말았다. 퇴근 후 돌아와 막상 글을 쓰려고 했을 때는 글감조차 기억나지 않았다.

기억이 '과학'이라면 망각은 '예술'이라더니, 태생이 문과인 나의 뇌는 과학보다는 예술 쪽으로 특화되었나 보다. 기억보다는 망각 쪽이 훨씬 발달한 나의 뇌는 믿을 게 못 되었다. 메모만

이 답임을 다시 한번 실감했다. '절대 나의 기억을 맹신하지 말자. 떠오른 것은 무조건 적자.' 그때 새긴 다짐들이다. 그 뒤로는 소재가 생각날 때마다 휴대폰 메모 앱을 열어 기록한다. 이렇게 메모해둔 낱말이나 문장들은 저녁을 먹고 노트북 앞에 앉았을 때 이야기를 좀 더 쉽게 풀어내도록 실마리를 제공해준다.

하지만 어찌 매일 소재가 생각나서 메모 앱이 꽉 찰 수 있단 말인가. 어떤 날은 하나도 적어둔 것이 없어서 노트북 앞에서 멍하니 앉아 있다가 뭐라도 끄집어내려고 나를 괴롭히던 날도 있었다. 그렇기에 더욱, 메모하는 습관을 놓치면 안 된다.

해야 하고, 하고 싶은 일을 지속하는 힘은 특정한 사람만이 타고난 특별한 능력이 아니라 자신을 둘러싼 시스템을 바꾸면서 생기고 자라난다. 지금 현재의 삶이 만족스럽다면 그대로 행복하게 살면 될 일이다.

하지만 그렇지 않다면, 뭔가 달라지고 싶은데 방법을 모르겠다면, 오늘 하루 고군분투한 당신의 마음을 짧은 몇 개의 문장으로라도 기록해보자. 규칙적인 순서와 방법을 세워 실천하는 '쓰기 루틴'이 비슷하게 반복되는 우리의 평범한 일상을 어떻게 다르게 만들어줄지 궁금하지 아니한가.

어느덧 중년,
당신의 꿈은 무엇인가요?

writer
고경애

내가 원하면 무엇이든 될 수 있다

얼마 전 글쓰기 수업 공간을 열었다. 그곳에서 나는 아이들에게 글쓰기를 더 쉽게 가르치기 위해 동화와 연계되는 요리를 준비한다. 물론 허기진 배를 채우려는 목적도 있지만, 요리 재료를 관찰하며 아이가 글쓰기 소재를 자연스럽게 떠올리기를 바라는 마음에서 준비한 특별 보너스인 셈이다. 아이들은 글쓰기도 재밌지만 자기가 먹을 간식을 요리하는 것이 재밌다며 매주 요리하기를 간절히 원한다.

그러다 어느 날 한 아이가 간식을 만들다가 물었다.

"선생님은 글쓰기 선생님이에요? 간식을 만드는 요리사예요?"

나는 다시금 아이에게 질문했다.

"글쎄, 선생님은 요리사일까? 글쓰기 선생님일까?"

고개를 갸웃거리는 아이에게 선생님이 그러하듯, 너 역시 네가 원하면 요리사, 교사, 작가, 건축가, 로봇공학자… 그 무엇이든 될 수 있으니 마음껏 상상하고 멋진 삶을 살라고 격려해줬다.

글을 쓰며 내 삶은 180도 달라졌다. 심심치 않게 칼럼 요청을 메일로 받는다. 칼럼은 나를 알릴 수 있는 일이기에 기꺼이 승낙하지만, 칼럼을 쓰고 나면 원고료도 받을 수 있어 일거양득이다. 글쓰기가 이렇게 확장되어가는 것이 신기하여 브런치에 '칼럼니스트라는 부캐가 생겼어요'라는 제목의 글을 싣기도 했다.

꿈꾸고 소망하며 글을 썼을 뿐인데 칼럼니스트가 되고, 수필가가 되고, 강연자가 되고, 글방 대표가 되면서 나의 글 쓰는 인생은 일석N조가 되었다. 우리가 흔히 알고 있는 '일석이조'는 돌 한 개를 던져 새 두 마리를 잡는다는 뜻이다. '동시에 두 가지 이득을 봄'을 이르는 말인데, 글을 쓰며 내 삶은 몇 가지인지 셀 수 없는 N조의 이득을 가져다주었다.

글을 쓰기 전에는 상상도 할 수 없는 일이었다. 혹자가 직업과 글쓰기를 브랜딩 하라고 외칠 때 '그것이 가당하기나 한 일인가? 하나만 하기도 버거운데'라고 부정하며 머릿속에서 브랜딩이라는 단어를 지워버렸다. 하나라도 열심히 하자는 심정으로 말이다. 하지만 그때 이미 사회는 'N잡러'의 시대로 흘러가고 있었다.

나의 삶은 어떻게 다채로워졌을까

유치원에서 근무할 때는 유치원 교사로, 학생들과 요리하던 시절에는 동화요리 강사로 나의 직업을 명명했다. 하지만 글을 쓰면서 협업 요청에 따라 내 직업은 다양하게 확장되었다. 그렇다면 나의 삶은 어떻게 N조의 일이 가능해졌을까?

'뿌린 대로 거둔다'라는 말이 있다. 살다 보니 이 말이 진리라는 것을 매 순간 느낀다. 땅에 씨앗을 뿌리는 행동은 꾸준한 관심과 노력을 이끌어내고, 결실까지 안겨준다. 반대로 씨앗조차 심지 않으면 아무리 관심을 품고 있다 한들 그 어떤 열매도 얻을 수 없다. 가꾸지 않으면 사과나무 밑에서 입을 벌리고 있어봐야 떨어질 사과가 없다는 건 누구나 아는 이야기이다. 하지만 결과를 얻기 위해 씨앗을 뿌리는 일에는 섣불리 나서지 않는 게 사실이다.

우리 집에는 열 평 남짓한 텃밭이 있다. 바쁘다는 핑계로 작년 가을에 양파와 마늘 모종을 심는 때를 놓쳤다. 바쁘게 지나갈 때는 '어쩔 수 없지'라고 생각했지만 수확할 시기가 다가오니 그 아쉬움을 말로 다 표현할 수 없다. 된장찌개를 끓일 때 어린 양파를 뽑아 송송 썰어서 끓이면 양파 줄기는 파 대용으로도 좋고, 양파에서 달콤한 맛이 나서 된장찌개가 더 맛있어진다. 식물을 키우는 과정은 수고롭지만, 그 수고로움 끝에 누리는 봄날의 구수한 된장찌개가 사뭇 아쉽다. 하지만 어쩌랴. 모종을 심지 않은 것을 후회해봤자 세월은 다시 돌이킬 수 없는걸.

텃밭 농사를 하며 매년 씨앗의 교훈이 가슴 사무치게 다가온다. 가슴에 파고든 교훈은 내 삶 모든 것에 일반화되어 있다. 글을 쓰지 않으면 협업을 기대할 수 없고, 나를 홍보할 수 없다. 잘 쓴 글을 부러워하며 바라만 보고 있으면 나는 정체된다. 글을 쓰고 난 후 좋은 피드백을 받고, 책이라는 결과물이 나오는 것을 실감하고 나니 원인과 결과가 더 선명하게 눈에 그려졌다. 그 패턴은 새로운 도전을 즐길 수 있는 자신감과 될 때까지 해보자는 근성이 되었다.

내가 정성을 들였을 때 돌아오는 결과를 너무나도 잘 알기에 협업 요청이 들어오면 거절하지 않는다. 새로운 일이 들어오면 담당자에게 어떻게 쓰면 되는지, 꼭 들어가야 할 글과 피해야 하는 글에 대해 점검하고 확인하며 실수를 줄이려고 노력한다.

원고를 마감하고 나면 반드시 피드백이 온다. 이런 피드백은 내가 글 쓰는 세계를 더 깊이 알아가는 데 자산이 된다는 걸 알기에 쓴 소리도 반긴다. 쓴 소리가 두려워 새로운 도전을 포기하는 어리석음은 진즉 마음에서 내려놓았다. 마음에 들지 않으면 수십 번 고치면 된다. 그럼 결국 매끄러운 문장이 탄생한다. 글을 바라보는 흐뭇한 마음이 그간의 고생을 눈 녹듯 사라지게 한다.

이런 마법의 과정을 몇 번 거치다 보면 작업에 가속도가 붙는다. 그럼 일을 늘려도 무리 없이 진행된다. 그 덕분에 교육용 잡지, 신문, 격월간지 등에 칼럼을 싣는 칼럼니스트라는 새로운 직업까지 얻게 되었다.

책이나 글쓰기와 관련된 강연을 의뢰받을 때는 포스터를 개인 SNS에 게시하고, 강연이 끝나면 그 상황을 글로 정리했다. 숙제 하나 해냈다는 느낌으로 인증하듯 썼는데, 나의 지나온 발자취와 역사를 보는 것 같아 무척 흐뭇하다. 아울러 '내가 해내고야 말겠다'는 생각에서 '결국 해냈다'는 자존감으로 1도씩 상승하는 느낌을 받는다. 이렇게 SNS에 올린 글을 보고 또다시 새로운 칼럼이나 강연 요청을 받기도 한다.

늘 결과물이 만족스러운 건 아니다. 내가 한 실수가 느껴질 때는 쥐구멍에라도 들어가고 싶고, 열 번 백 번 마음을 고쳐먹어도 안 되는 나의 고질적인 실수가 심장을 방망이질할 때도 있다. 글을 조금 더 재밌게 쓸걸, 강의 자료를 조금만 더 멋지게 만들지, 시간에 쫓기지 않게 조금 더 서두르지 하는 생각들이 꼬리에 꼬리를 문다. 하지만 아무리 아쉬워해도 시간을 되돌릴 수 없기에 마음을 추슬러야 한다. 아쉬움도 해보니까 아는 거라고 위로하다 보면 조금씩 힘이 생긴다.

아이가 어렸을 때 다니던 유치원에서 참관수업이 열렸었다. 교사는 꿈에 관해 이야기하다가 아이들에게 질문하기에 앞서 갑자기 마이크를 부모석으로 돌렸다.

"어머님, 아버님은 어떤 꿈을 갖고 있으신가요?"

교사의 질문에 교실은 찬물을 끼얹은 듯 조용해졌다. 재차 질문했지만 아무도 손을 들고 말하지 않았다. 그때, 교사의 질문에 꿀 먹은 벙어리 마냥 아무런 답을 못 하는 부모로 내 아이에게 인식되기 싫다는 생각이 뇌리를 스쳤다. 나는 손을 번쩍 들었다.

"저요! 제가 말해볼게요. 저의 꿈은 책을 쓰는 것입니다. 책을 써서 더 많은 이에게 선한 영향력을 전하는 것이 저의 꿈입니다."

내 말이 떨어지기 무섭게 교사는 모두에게 꿈을 나누어준 것에 관해 칭찬했고 박수갈채가 이어졌다. 얼떨결에 튀어나온 말이었기에 심장은 요동쳤다. 언감생심 책을 쓴다고 말했을까? 무척 부끄러웠다. 하지만 지금 어떤가? 작가로 살며 일석N조의 기쁨을 누리고 있으니 놀랍지 않은가? '내가 무슨 글을 쓸 수 있겠어?'라는 의구심이 든다면 손을 번쩍 들고 외쳐보자.

"저요! 저의 꿈은 글을 쓰는 작가의 삶을 사는 것입니다."

천천히 가도 좋다. 꾸준히 글을 쓰다 보면 치유의 순간도 만나고, 새로운 직업도 만나고, 새로운 사람도 만날 것이다. 어쩌면 내가 찾은 북토크 모임에서 당신의 이야기를 들을 수 있을지도 모른다. 나는 솜사탕을 받아든 아이처럼 설레며 당신의 사인을 기다릴 테다.

사람들의
질문이 달라졌다

writer
강 준

사람들은 작가에게 무슨 질문을 할까?

작가라는 타이틀을 얻기 전 사회에서 나를 설명하는 수식어는 '약사' 그리고 '신약개발팀장'뿐이었다. 내 직업은 다른 직업군에 비해 일적으로 만나는 사람들이 한정적이다. 그들은 내게 대부분 건강과 제약 산업에 대한 질문을 했기에 내가 세상을 보는 시야는 좁고 제한적이었다. 나는 세상을 아픈 사람과 건강한 사람으로만 나눠서 보았고, 인문학적인 소양보다는 늘 실용적인 일에만 집중했다.

하지만 운명 같은 기회로 글을 쓰고 책을 출간하면서 삶에 큰 변화가 생겼다. 젊은 나이에 작가라는 타이틀을 얻자 이전에는 듣지 못했던 새로운 유형의 질문들을 받기 시작했다. 본업과 관련된 질문만 듣던 나에게는 신선한 경험이었다. 그중 가장 많이 들었던 두 가지 질문에 대한 답을 이 책에서 풀어보려 한다.

글을 쓰면 돈이 되나요?

정답부터 이야기하자면 돈이 된다. 하지만 여기서 '돈이 된다'의 기준은 질문하는 사람마다 천차만별이다. 누군가는 적더라도 월마다 일정 금액이 들어오는 시스템 수익을 기대하고, 누군가는 한 번에 큰 목돈을 벌 수 있는지를 물어본다. 두 경우 모두 가능한 이야기지만, 모든 작가가 해당하는 것은 아니다.

만약 책이 10만 부 이상 팔리면 목돈을 벌 수 있겠지만 일 년에 수만 권의 책이 쏟아지는 상황에서 중쇄를 찍는 것도 결코 쉬운 일이 아니다. 또 여러 권의 스테디셀러를 집필했다면 큰돈은 아니더라도 꾸준한 수익이 생길 수 있다. 사실 어떤 결과가 나올지는 그 누구도 모른다. 그렇기에 일단 글을 꾸준히 쓰면서 글 복권을 긁어봐야 하지 않을까?

작가가 되고 깨달은 사실은 인세를 받는 것보다 '나'를 알리고 메시지를 전달하는 과정이 더 중요하다는 점이다. 나의 이야기와 그 속의 메시지가 누군가에게 울림이 된다면 북토크나 강연으로도 이어질 수 있다. 가끔은 강연을 통해 얻는 수익이 인세보다 많을 때도 있다.

이외에도 나의 글과 메시지를 보고 잡지 원고 청탁이나 컨설팅 의뢰도 들어온다. 그렇게 하나둘씩 수익이 쌓이다 보면 '글도 돈이 되는구나!'라고 생각하게 되는 순간이 찾아온다. 물론 그때까지 가만히 있으면 안 된다. 내가 무슨 책을 썼는지, 어떤 이야기들을 전하고 싶은지를 꾸준하게 이야기해야 한다.

책 쓰기를 시작할 때 마음가짐은?

가장 먼저 가져야 할 마음가짐은 '잘 안 되면 어때?'이다. 꾸준히 글을 써왔다고 해서 책까지 꼭 써야 한다는 욕심에 너무 무리하지 말라는 뜻이다. 글(또는 책) 쓰기가 사이드프로젝트인 사람들 중 일부는 수익에 집착하거나 자신이 들인 노력보다 큰 대박이 터지기를 기대한다. 사이드프로젝트는 말 그대로 '사이드'이기에 마음을 너무 쏟으면 오히려 스트레스만 받고 독이 될 수 있다. 그러면 잘되던 본업에도 악영향을 줄 수 있다. '안 돼도 상관없다'는 마인드로 최대한 즐기면서 하는 것이 중요하다.

가볍게 마음을 먹었다면 그다음에는 본인만의 목표를 세워보자. 사이드프로젝트가 취미와 다른 점은 '프로젝트'라는 것이다. 목표와 계획이 있고, 실천이 따라야 한다. 목표를 세우고, 비슷한 목표를 가진 사람들과 그것을 공유하면 동기부여가 될 수 있다. 나 역시 처음 책을 쓰고자 했을 때는 계획을 세워 일주일에 몇 꼭지를 쓸지 정했고 주말에는 퇴고를 반복하였다. 자신만의 루틴이 쌓이고 그것을 지키는 재미를 느낄 때 어느새 책의 분량이 채워지고 있을 것이다.

마지막으로 가장 중요한 것은 꾸준함이다. 책 쓰기가 사이드프로젝트일 경우 본업에 비해 오랜 시간을 투자할 수 없으므로 애초에 조급함을 버려야 한다. 빠르게 세상에 나갈 기회가 생긴다면 그것대로 좋고, 느리게 세상에 나가더라도 내 이야기를 더 아껴서 다듬고 공개할 수 있어서 좋다. 여유로운 마음으로 기다리면 예상치 못한 기회가 찾아올 것이다.

지금 당신은
누구와 함께하고 있나요?

writer
강성화

돈으로는 살 수 없는 그 이상의 가치

출간된 책이 운 좋게 베스트셀러에 오르고 해외로 수출도 되었
다. 그 사실을 알게 된 사람들이 가장 많이 한 질문은 "돈은 많
이 벌었나?"였다. 예술 하는 사람들은 가난을 면치 못한다는 말
이 괜히 있는 것이 아니라고 웃으며 답했다. 물론 출간으로 인
해 돈은 벌었지만 '많이'는 아니었다. (실제로 '글만' 써서는 먹고살 수
없다는 것이 현실적인 답이다. 아주 극소수의 베스트셀러 작가들을 제외하고
는.) 하지만 내 대답은 거기서 끝이 아니었다.

"대신 돈 주고도 살 수 없는 경험들을 많이 했어요. 독자들의
리뷰에 감동을 받았던 적이 많이 있었는데 작가로서 정말 보람

을 느꼈던 순간이에요. 인터뷰도 해보고, 추천사를 부탁받아 써준 적도 있어요. 주변에서 생각지도 못했던 작가 예우를 받았던 적도 종종 있었고요. 전보다 더 많은 사람들과 인연을 맺기도 했고, 원래 알고 지내던 글벗들과도 관계가 더 깊어졌어요. 자주 만나는 사람들이 달라진 만큼 머무는 공간과 보내는 시간도 많이 달라졌지요. 삶이 정말 많이 바뀌었어요."

지난해 출간을 두어 달 앞두고 MBA에 입학했다. 많은 사람들이 경영대학원을 가는 이유는 지식을 쌓고 자기계발을 하기 위해서겠지만, 인맥 형성이 목적인 경우도 있다. 사실 나 역시도 마찬가지였다. 그런데 보기 좋게 목적 달성에 실패했다. 아니 정확하게 말하자면 선택과 집중을 위한 자발적 포기였다. 출간 이후 알게 된 다양한 사람들을 비롯해 글로 맺은 인연들과 보내는 시간이 많아졌기 때문이다.

그들과 함께 있으면 시간 가는 줄 몰랐다. 대여섯 시간이 마치 한 시간처럼 느껴져 헤어짐이 아쉬울 정도로 대화가 잘 통했다. 어쩌면 당연한 일이다. 책과 글쓰기라는 공통 관심사를 가진 우리였기에 나이도 성별도 아무런 문제가 되지 않았다. 글로 연결된 우리는 5G 속도보다 빠르게 친해졌고 어느새 서로의 삶에 깊숙이 스며들었다.

우리의 대화에는 오로지 우리의 현재의 삶과 앞으로의 꿈에 대한 이야기만 있다. 자신조차도 확신하지 못하는 서로의 잠재력을 깨워주고 숨을 불어넣으며 아낌없는 응원과 지지를 보낸다. 자신의 분야에서 일가를 이뤘음에도 항상 낮은 자세로 경청하며 배우려는 모습에서 나 또한 많은 것을 배운다. 이토록 서로의 성장을 이끌어주는 귀한 존재들이니 인연의 깊이가 더해질 수밖에 없다.

글을 써야 하는 이유에 대해 쓰는 이유

지난해 출간 이후에 새로운 경험을 할 기회가 많았다. 그중 가장 기억에 남는 것 중 하나가 바로 모교 특강이다. 책 내용상 후배들이 읽으면 좋을 것 같아서 학교에 전화해 한 권 보내고 싶다고 했더니 흔쾌히 응해주셨다. 통화를 마치고 5분도 채 되지 않아 전화가 와 의아했는데 그사이 책을 검색해보셨는지 특강을 요청했다.

고등학교를 졸업한 지 27년. 다른 친구들처럼 일찍 결혼했으면 딸뻘인 후배들 앞에 섰던 그날의 기억이 아직도 생생하다. 1년에 한 번 진행하는 진로 특강이었고, 다양한 분야에서 활동하고 있는 여섯 명의 졸업생 중 작가로 초청된 영광스러운 자리였다.

고심 끝에 준비했던 강연 주제는 바로 '인생을 바꾸는 독서, 그리고 글쓰기'였다. 실제로 그 두 가지 덕분에 내 인생이 달라졌기에 후배들에게도 독서와 글쓰기를 독려하고 싶었다. 교복을 입고 초롱초롱한 눈으로 경청하던 후배들과의 시간은 감동 그 자체였다.

모교 특강 이후 그동안 바빠서 잘 만나지 못했던 글벗들과의 만남도 많이 있었다. 평소 관심 있던 작가들의 북토크에도 참석해 많은 대화를 나누기도 했다. 내가 그러했듯 그들 또한 입을 모아 말했다. 글쓰기로 인해 인생이 달라졌다고.

그렇게 좋은 사람들과의 만남이 유난히 잦았던 지난겨울의 어느 날, 샤워를 하다가 '아!' 소리가 저절로 나왔다. 글을 써야 하는 이유에 대한 책을 써야겠다는 생각이 들었다. 이왕이면 나 한 사람의 이야기보다 각기 다른 분야에서 다양한 경험을 했던 사람들의 이야기를 담으면 독자들에게 좀 더 유익한 책이 될 것 같았다.

휴대폰 주소록을 살펴보니 고맙게도 같이 글을 쓸 사람들이 많았다. 바로 연락을 취했다. 예상대로 연락을 받은 모두가 대환영해주었다. 나이와 성별은 달라도 누구보다 글쓰기에 진심이고 긍정 에너지와 열정이 가득한 이들이다. 글로 맺은 인연들이 없었다면 이 책은 세상의 빛을 보지 못했을 것이다.

당신의 인생을 바꾸고 싶다면

얼마 전부터 엄마들의 성장과 힐링을 위한 독서 모임을 운영하고 있다. 사실 오래전부터 꼭 해보고 싶었던 일이었는데 바쁘다는 이유로 차일피일 미루고 있었다. 그러다 바쁜 와중에도 24시간을 48시간처럼 잘 활용해 삶을 의미 있게 채워가는 이들을 보며 자극을 받아 행동으로 옮기게 되었다. 사람은 주변 환경으로 인해 발전하고 성장한다는 사실을 새삼 느꼈다.

시작하려고 마음먹기가 어려워서 그렇지, 막상 마음을 먹으니 모든 것이 순조로웠다. 어쩌면 시간이 부족해서라기보다는 마음이 부족해서였는지도 모른다. 단골 카페 사장님이 장소를 제공해줬고, 이틀 만에 신청이 마감되어 대기자까지 생겼다. 오래전부터 하고 싶었던 일이다 보니 삶의 또 다른 활력이 되었다.

"당신이 가장 많은 시간을 보내는 다섯 명의 평균이 바로 당신이라는 사람이다."

미국의 유명한 동기부여 강연자이자 작가인 짐 론(Jim Rohn)

이 한 말이다. 내가 자주 만나는 사람의 평균값이 자기 자신이란 뜻이다. 어쩌면 당연한 말이지만 무게감이 느껴진다. 우리의 삶은 아무래도 많은 시간을 함께 보내는 이들에게 영향을 받을 수밖에 없다. 그만큼 그 사람들의 모습이 자신의 미래가 될 가능성이 크다. 당신이 원하는 삶을 살고 있는 사람들과 함께 시간을 보낼 수 있도록 노력한다면 당신 또한 원하는 삶에 한 발 더 가까이 다가설 수 있을 것이다.

나를 변화시키려면 주변 환경을 바꿔야 한다. 자주 만나는 사람은 노력으로 얼마든지 바꿀 수 있다. 그 노력의 해답 중 하나로 글쓰기를 적극 추천한다. 글은 삶과 사람을 연결하는 강력한 힘을 지니고 있다. 또 글은 사람들과의 만남의 담장을 낮춰준다. 그렇게 연결된 관계를 통해 좀 더 넓고 다른 세상을 경험할 수 있을 것이다. 함께하는 사람이 어떤 사람들이냐에 따라 인생은 달라질 수밖에 없다. 인생을 바꾸는 글쓰기, 지금 당신이 글을 써야 하는 이유이다.

한 편의 글로
서로를 살린다

나의 향을 퍼트리다

산자락에서 사는 나는 산에서 은은하게 불어오는 아카시아 향으로 5월을 느낀다. 글쓰기는 5월의 아카시아 꽃향기처럼 은은하게 나의 향을 퍼트리는 일이다.

나의 첫 책 『그럼에도 불구하고 감사』를 읽고 '감사 일기'에 관심을 보이는 독자들이 많았다. 호응에 보답하고자 블로그에서 '그럼에도 불구하고 감사' 챌린지를 진행했다. 자연스레 내 주변에는 삶의 소중함과 감사함을 아는 사람들이 모였다. 그분들은 감사 일기를 쓰면서 삶의 의미를 발견하는 순간, 삶을 살아가는 태도가 달라졌다고 한다.

특히 몸이 아파 심적으로도 지쳐 있던 분들이 감사 일기를 쓰면서 위안을 받았다는 후기를 전해줄 때면 글쓰기의 힘을 다시 한번 믿게 된다. 위대한 작가의 글 못지않게 평범한 사람이 쓴 글도 감동을 줄 수 있다는 사실에 희망을 얻기도 한다.

나는 은은한 꽃향기를 퍼트리는 내가 좋다. 그리고 그 꽃향기를 이어가는 사람들이 참으로 사랑스럽다. 그 향기를 글로 표현하고 좋은 인연으로 소통할 수 있어서 행복하다. 내 글을 읽고 블로그, 이메일, SNS, 전화 등 다양한 매체를 통하여 연락해오는 분들이 있다. 온라인상이지만, 우리는 서로의 삶에 자연스럽게 스며들어 온라인 이웃 이상의 관계를 맺기도 하고 가끔은 의기투합해서 만나기도 한다.

서로의 삶에 자연스럽게 스며들다

사업가인 김 사장님은 글을 쓰면서 만난 사이이다. 큰 병으로 죽을 고비를 넘겼지만, 수술 후 지금은 완치 상태로 지내며 덤으로 얻은 기적 같은 삶을 즐기며 살고 계신다. 그녀는 나의 출간 소식을 듣고 책에 직접 사인을 받겠다고 한달음에 달려왔다. 아마 힘든 시간을 넘긴 분이라 감사 일기에 관한 나의 글을 읽고 공감했던 것 같다.

독자와의 만남이 처음이었던 터라 망설였지만, 그 마음도 잠깐이었다. 먼 곳에서 오시는 그녀를 반가운 마음으로 만났다. 그녀는 선물과 나의 책을 내밀면서 사인을 부탁했다. 책을 읽은 후 감사 일기를 쓰면서 힘겨운 하루하루 속에서도 감사함을 잊지 않고 살기 시작하자 삶 자체가 달라졌고, 이제 마음이 평화롭다고 했다. 죽음의 문턱까지 다녀온 사람이라 삶을 대하는 자세가 얼마나 경건한지 진심으로 느껴졌다. 한 편의 글이 누군가에게는 힘듦을 견디고 살아갈 힘을 줄 수 있다고 생각하니 기쁨과 함께 글 쓰는 일에 책임감이 들었다.

블로그 이웃에서 동료 강연자가 된 분도 있다. 그녀는 늘 밝았다. 아이들을 다 키운 후 자기 일을 찾아서 새로운 세계에 들어온 사람이었다. 초보 일꾼이 된 그녀는 블로그에 일상을 기록했다. 내 글에 따뜻한 관심을 보인 그녀에게 나도 관심을 보였다.

어느 날, 밝기만 했던 그녀의 글 몇 편에서 슬픔과 아픔이 느껴져서 댓글을 달았다. 우리는 몇 차례 마음을 주고받았고, 마지막에 나는 나태주 시인의 「사랑」을 인용하며 그녀의 앞날을 응원했다. 그녀는 나의 댓글에 감동의 눈물을 흘렸다고 말하며 앞으로는 많이 웃으며 살고 싶다고 했다. 그리고 직접 만나고 싶다고 했다. 마침 그녀가 사는 지방으로 강연 일정이 잡혀 있어서 만날 수 있었다.

우리는 일과 미래에 관한 많은 얘기를 나누며 의미 있는 시간을 가졌다. 일적으로 앞서가던 나는 그녀를 위해 도울 일이 있을까 고민했는데 그녀는 짧은 기간에 이미 자기 일에 자리를 잡은 듯했다.

이제 그녀의 글에는 슬픔이 사라지고 활기가 넘친다. 가끔 매너리즘에 빠질 때 초보 강연자인 그녀의 간절함과 열정 넘치는 글을 읽으며 나를 돌아보고 마음을 다잡기도 한다. 인연은 그렇게 나를 성장시킨다.

우리는 서로의 멘토가 되어주기도 한다. 한가한 오후, 젊은 남자의 굵직한 목소리가 전화기 너머로 들려왔다.

"교수님, 저와 같은 방향을 보고 나아가는 분 같아서 전화를 드렸습니다."

그는 첫 통화에서부터 자신을 개방했다. 본인은 책을 쓴 작가이고 내 강연 분야인 리더십 교육과 인성 교육에 관심이 많다고 했다. 자신이 쓴 책이 어떤 내용인지, 또 책과 연계한 콘텐츠 개발과 앞으로 강연할 부분, 사회에 공헌하고 싶은 것에 대해 터놓고 얘기를 했다.

현재는 직장을 다니면서 시간 날 때마다 강연하고 있고 앞으로 전문 강연자가 되고 싶다며 자신의 멘토가 되어달라고 했다. 나보다 먼저 책을 썼고 이미 자신의 진로 방향에 맞춰 잘 나아가고 있는 분이었다. 그런 사람이 나에게 멘토라고 부르니 민망했지만, 나의 마음은 언제나 열려 있으니 필요할 때 연락하며 지내자고 했다.

그렇게 인연을 맺은 최 작가님과는 가끔 서로의 안부와 성장을 물으며 통화하는 사이가 되었다. 직장에서 중간관리직인 작가님은 해마다 나에게 중간관리직 리더십 강연을 맡긴다. 강연을 하러 갈 때마다 나에 대해 얼마나 자랑을 많이 해두는지 몸 둘 바를 모를 정도로 환대받고 온다. 나를 보는 다른 사람들의 따뜻한 시선에서 강연 기획자인 최 작가님의 정성을 느낄 수 있었다.

그는 나에게 멘토가 되어달라더니 오히려 나의 성장에 적극적으로 개입하여 나의 멘토가 되어주고 있다. 그의 말처럼 같은 방향을 보고 나아가는 우리는 서로의 멘토가 되어서 우리가 있어야 하는 사회 속으로 더 깊이 나아가고 있다.

나의 감정을 솔직하게 글로 표현했을 뿐인데 많은 분과 소통하며 지낸다. 거리와 장소, 나이, 이 모든 물리적인 여건을 초월하는 소중한 인연을 만나게 됐다. 우리는 서로의 삶에 긍정의 변화를 준다. 살아갈 가치를 알려주기도 하고 희망을 주기도 한다. 결국, 한 편의 글이 서로를 살리는 인연을 만든다.

기쁠 때도 슬플 때도
그저 쓴다

작가라고 불리면 무조건 행복한가요?

약사로 산 세월이 17년이 되니 가장 자주 보는 사람들은 약국 동료들이다. 직장에서는 나이와 상관없이 '약사님'으로 부르다 보니 약사 일과 관계없는 누굴 만나도 자꾸 약사님이라고 부르게 된다. 심지어 내 직장 동료는 친한 약사와 일본 여행을 갔는데, 갈 때만 해도 공항이나 외국에서 약사님이라고 부르면 민망하니 서로 이름을 부르자고 다짐했단다. 그런데 돌아와서 하는 말이, 결국은 입에 너무 붙어서 거기서도 상대를 누구 약사님이라고 부르고 다녔다고 해서 다들 박장대소했다. 습관의 무서움이여….

아이를 낳고 나서부터는 나윤 엄마, 도윤 엄마라는 이름이 새로 생겼다. 그렇게 직장 안팎에서 내가 불리는 이름은 단 두 가지였다. 두 아이 엄마와 염 약사. 그러다 2019년부터 사부작사부작 책상에서 글을 쓰기 시작했다. 그때 제일 먼저 나의 새로운 이름을 발견해준 사람은 큰아이였다.

"엄마 이제 작가야? 염혜진 작가?"

"이왕이면 베스트셀러 작가로 불러줄래?"

"알겠어. 베스트셀러 염혜진 작가님."

아이들은 글만 쓰면 작가인 줄 아니까 새로운 내 이름도 나쁘지 않았다. 아이들에게만 그렇게 불리다가 진짜 종이책을 출간하고 사람들에게도 작가라는 이름으로 소개된 날이 기억난다. 출간 소식을 접하고 친한 동료들이 웃으며 "염 작가님"이라고 부르는데 어색하면서도 기분 좋은 그 느낌이란….

하지만 작가라는 칭호만 추가되었을 뿐 내 인생은 크게 달라지지 않았다. 책을 출간함과 동시에 엄청난 인기가 생기고, 나는 전혀 다른 사람이 될 것이란 기대는 아마 초보 작가들이라면 많이 해보지 않았을까. 내 책이 나오자마자 화제가 되고, 나를 알아보는 사람들이 늘어나면 어떻게 해야 할지 고민하는 행복한 상상 따위 말이다.

출간 직후에는 책이 어느 정도 팔리고 있는지 궁금해서 일이 손에 잡히지 않을 정도였지만, 내 일상 자체는 어제와 다를 바 없이 똑같았다. 책이 나오고 행복했던 기분은 한 달이 지나니 어느새 사그라들었다. 이때쯤 나의 환상이 깨졌다. 작가라고 불리면 행복이 오래 갈 줄 알았는데 일상은 변함없다는 사실에 적응해야 했다.

정말 한 글자도 쓰기 싫은 날들이 많았지만 여느 때와 같이 1,000일을 넘게 하던 필사도 계속하고 조금씩 글도 썼다. 나는 작가가 되려고 글을 쓴 게 아니라 글을 쓰다 보니 작가가 되었다는 사실을 늘 마음속에 새기고 있었기에 가능했다.

여전한 일상과 새로운 꿈

어느 날, 인스타그램 DM을 통해 연락이 하나 왔다. 첫 책과 관련하여 루틴에 대한 강의를 부탁한다는 백화점 문화센터 강의 담당자의 연락이었다. 코로나19 바이러스로 인한 사회적 거리 두기를 하던 시기에 책을 냈던지라 오프라인으로 사람들을 만나는 자리는 처음이었다. 설레고 떨리던 첫 오프라인 강의는 독자를 만나 서로 교감하는 시간으로 채워졌다.

최근에는 100여 분의 어르신들을 대상으로 두 번째 책과 관련된 영양제 강의도 하고 있다. 나도 몰랐던 내 안의 나는 무대를 꽤 즐기는 사람이었다. 직장에서 매일 약만 만지고, 집 안 책상에서 글만 쓰던 내가 100명이 넘는 사람들 앞에 서서 말하는 사람으로 바뀐 것은, 내 인생만 놓고 보면 혁명이다.

　물론 여전히 나의 일상은 비슷하게 슬프고 비슷하게 행복하며 가끔은 지친다. 회사 일에 치이고 육아에 치여 일상을 무기력하게 보내던 내가 책을 내고 강의 제안을 받게 된 것도 꾸준한 글쓰기를 통해 기른 자신감 덕분이다. 이렇게 쌓인 자신감을 통해 새로운 꿈도 꾸고 있다.

　약사 업무 말고 다른 경력까지 더하면 직장인 19년 차. 강산이 두 번 바뀔 동안 조직 안에서 기쁜 일도 힘든 일도 많았다. 소속감과 월급이 주는 안정감도 크지만, 조직 밖에서 온전히 나라는 사람으로 살아남을 수 있을지 궁금했다. 현재는 쉼 없이 달린 직장 생활에 잠시 쉼표를 찍고, 나의 가능성을 알아보기 위해 안식년 휴직을 하고 있다. 지금의 쉼표가 마침표가 될지, 느낌표가 될지 나도 아직 모른다.

안 하던 일들을 시도하고 부딪히며 나에게 맞는 것을 찾는 과정은 생각보다 썩 재미있진 않다. 결과도 없고 힘 빠지는 일의 연속이라서 자주 스스로가 한심하게 느껴진다. 글을 쓸 때도 그랬다. 내가 쓰는 글이 읽히긴 할까? 지금 하는 일이 혹시 시간 낭비면 어쩌지? 나는 제대로 하고 있을까? 머릿속에 오만 가지 생각이 들 때도 그냥 썼다. 어떤 글들은 사라졌고 어떤 글들은 남아서 책이 되기도 했다. 모든 글이 살아남지 않았지만, 시도조차 하지 않았다면 어떤 결과도 나오지 않았을 것이다.

기쁠 때도 슬플 때도 그저 썼다. 처음에는 쓰는 게 좋아서 썼고, 쓰다 보니 작가라는 이름도 얻었다. 하지만 작가라는 이름보다 더 중요한 것을 얻었다. 바로 시도를 통해 다시 일어나는 힘. 마음이 약해서 자주 힘들던 나에게 글쓰기는 새로운 시도이자 도전이었다. 무기력한 일상을 살던 내가 글쓰기란 시도를 통해 다시 일어났다.

지금 사는 게 너무 힘들다면 글쓰기부터 해보라고 권하고 싶다. 당신이 쓴 글이 당신을 일으켜 세워줄 것이다. 지금 당장 글쓰기라는 친구의 손을 잡고 일어나라. 그가 이끄는 대로 따라가면 또 다른 세상을 만날 수 있다.

부록

당	신	도			
할		수		있	는
글	쓰	기			

글을 어디에 어떻게 써야 할까요?

주변에서 글을 쓰고 싶은데 어디에 써야 할지 모르겠다는 질문을 자주 받습니다. 대표적인 글쓰기 플랫폼 몇 가지를 소개하겠습니다.

1. 블로그

블로그는 개설만 하면 **누구나 제약 없이 글을 쓸 수 있습니다.** 구매한 상품의 리뷰, 가족과 함께 떠난 여행 기록 또는 여행지 소개, 재미있게 봤던 드라마나 영화의 명장면&명대사 모음 등등 여러분의 모든 것이 글감이 됩니다. 하루를 정리하는 일상에 대해 써도 좋습니다.

글에 어울리는 사진도 몇 장 들어가면 쓰는 재미, 읽는 재미가 더해집니다. 분량은 상관없습니다. 최근에는 '상위 노출 키워드'를 통한 부업 활동이 블로그에서 활발하게 이루어지고 있으니 나에게 맞는 글의 유형을 선택해서 계속 이어나가길 바랍니다.

2. 브런치

개인 채널에 자유롭게 글을 올리는 것과 '브런치 작가'라는 타이틀로 글을 올리는 것은 쓰는 사람의 마음가짐에 차이가 생깁니다. 브런치에 발행하는 글이 가시적인 이득을 가져다주는 것은 아니지만 일정 자격을 통과해서 글을 올릴 수 있다는 것만으로 글에 대한 애착과 책임감이 고양되는 효과가 있음은 분명합니다. 더불어 꾸준히 글을 쓰며 글 근육을 키워가다 보면 출간의 기회도 자연스럽게 찾아올 것입니다.

이 브런치라는 공간은 주제가 중요합니다. **내가 쓰려는 글의 주제가 흡입력이 있는가, 장기 연재가 가능한가, 정보나 깨달음을 주는 내용인가**를 따져보세요. 한 가지 팁을 드리면 제목을 참신하게 짓는 것도 중요합니다. 대비되는 표현이 있거나 진의를 살짝 숨겨서 호기심을 유발하고, 시의성 있는 단어를 넣어 시선을 끌기 위한 노력도 필요합니다.

3. 오마이뉴스

오마이뉴스에 회원가입을 하면 시민 기자로서 기사를 발행할 수 있습니다. 다만 기사를 쓴다고 모두 발행되는 것은 아닙니다. 채택되지 않을 수 있다는 점을 유념하세요.

기사 등급은 오름, 으뜸, 버금, 잉걸 네 가지로 나뉩니다. 원고료도 다르고, 오름 등급의 기사는 포털사이트에 올라가 많은 사람에게 노출되는 파급효과가 있습니다. 그중 '사는 이야기' 코너가 가장 접근성이 좋습니다. 개인의 일상을 소재로 한 에세이라고 생각하시면 됩니다.

높은 기사 등급을 받기 위해선 **'지금 필요한 이야기(시의성), 내용이나 형식 또는 주제가 색다른 글(독창성), 관찰과 묘사가 잘된 글(구체성), 누군가에게 쓸모 있을 만한 정보나 노하우가 담긴 글(실용성)'**을 고루 갖춰야 합니다. 적정한 기사의 분량은 2,500~3,000자입니다.

글 쓸 시간이 별로 없는데 어떡하죠?

글을 쓰려고 하면 왠지 '여유'가 필수 조건일 것 같습니다. 그런데 주위 작가님들을 보면 하루가 48시간이 되어도 모자랄 듯 바쁜 분들이 많습니다. 우리도 살다 보면 예상치 못한 일들로 하루가 금방 흐르기 마련인데, 그들은 어떻게든 자투리 시간을 내어 글을 씁니다.

오래도록 마음을 울리는 작품들 중에는 의외로 짧은 시간에 만들어진 경우도 많습니다. 대중가요의 탄생 스토리를 들어 보면 작곡가가 어느 날 문득 영감을 받아 바로 써 내려간 곡들도 자주 찾아볼 수 있습니다. 글도 마찬가지입니다.

얼마 전, 공모전에 당선되어 등단하신 분께 해당 작품을 어떻게 쓰게 되었는지 여쭤보니 우연히 글감이 생각나 커피숍 앞은 자리에서 단숨에 줄거리를 적어 내려갔다고 하시더라고요. 이분들이 금세 작품 하나를 완성할 수 있었던 이유는 **평소 '꾸준히' 작업하며 감각을 유지**했기 때문입니다. 작은 영감이나 아이디어가 찾아왔을 때 그냥 흘려보내는 것이 아니라 반드시 **'기록'으로 남기는 습관** 또한 중요합니다.

육아를 하며 글을 쓸 때는 노트를 거실과 방 군데군데 두고 아이가 잠시 노는 동안 조금씩 끼적일 수 있고, 수시로 '카톡 나에게 보내기'나 휴대폰 메모장 앱을 이용하는 것도 편한 방법입니다.

잠시 이동할 때만이라도 떠오르는 글감들을 차곡차곡 모아보는 것은 어떨까요? 한 단어, 한 문장씩 써가다 보면 어느덧 글을 통해 힘을 얻고 있는 자신을 발견하게 될지도 모릅니다.

하루 한 문장, 작은 시작부터 함께해볼까요? **처음부터 완벽한 글을 써야 한다는 부담만 내려놓으면** 언제, 어디서나, 어떻게든 글을 쓸 수 있답니다.

글이 안 써질 때는 어떻게 하나요?

글을 써야 하는데 안 써질 때 마음은 조급하고 괴로워집니다. 그렇다고 손 놓고 무작정 기다릴 수 없는 노릇이죠. 그럴 때는 먼저 **글이 안 써지는 이유를 점검**할 필요가 있습니다. 먼저 몸의 에너지가 부족하거나 글을 쓸 정서적 환경이 마뜩하지 않은지 체크해봅니다. 체력이 고갈되어 글을 쓸 에너지가 없다면 잘 먹고 잘 쉬고 충전을 한 다음 글을 쓰면 됩니다. 약간의 시간이 필요할 때는 기다림도 좋은 방법입니다.

또 글을 쓰기에 좋은 물리적 환경을 만들어줍니다. 자신이 가장 좋아하고 몰입할 수 있는 시간과 공간을 각자의 타입에 맞추어 조성하는 것이지요. 예를 들면 정리정돈이 잘된 테이블을 준비한다든지, 식탁을 글 쓸 공간으로 세팅한다든지, 자녀가 학교에 간 시간이나 모두 잠든 밤에 몰입할 수 있는 시간을 정해서 루틴을 만드는 것입니다. 집에서 글이 잘 안 써질 때는 카페나 도서관 등을 활용하는 것도 좋은 방법입니다.

환경을 다 갖추었지만 여전히 막막하고 글이 잘 써지지 않는다면 글쓰기의 문으로 들어가는 통로를 만들거나 영감이 떠오르도록 하는 방법이 있습니다.

첫째, 무언가를 읽어보세요. 신문이나 책을 읽다 보면 트리거(방아쇠)가 되는 지점을 발견해 쓰고 싶은 마음이 생기기도 하고 영감이 떠올라 '당장 나도 쓰고 싶다'라는 마음이 생길 수 있습니다.

둘째, 필사를 합니다. 좋은 글, 마음이 가는 문장을 필사하다 보면 뇌가 활성화되고 나도 쓰고 싶다는 생각으로 연결됩니다. 필사가 쓰는 활동과 바로 연결이 되지 않더라도 글을 쓸 수 있는 역량을 기르는 밑거름이 되기도 합니다.

셋째, 써야 하는 글의 주제에 대해 마음 맞는 분들과 대화를 합니다. 지금 쓰고 있는 주제가 있는데 글이 잘 안 써진다는 것은 그 주제에 대해 확신이 부족하거나 정보가 부족하다는 뜻일 수 있습니다. 그럴 땐 그 주제에 관심이 많은 분, 전문가, 또는 의견을 줄 수 있는 분과 대화를 하며 나의 정보나 생각을 단단하게 다지도록 합니다.

넷째, 글의 주제를 마음에 새기며 산책을 합니다. 글의 주제에 몰입하여 걷다 보면 문득 새로운 아이디어가 떠오르거나 머릿속이 정리가 됩니다. 그때 쓰면 됩니다. 꼭 산책이 아니더라도 글의 주제를 계속 생각하고 있으면 잠자다가도, 샤워하다 가도, 아예 다른 일을 하다가도 강력한 몰입의 경험으로 좋은 글을 쓸 수 있게 됩니다.

다섯째, 당장 글을 쓰지 않더라도 주제와 관련된 정보를 모으는 시간을 가집니다. 관련된 주제에 대한 비슷한 글을 읽거나 정보를 수집합니다. 이를 조합해서 자기만의 글을 쓸 힘이 생길 때 쓰면 됩니다.

이외에도 현재의 상황이나 생각들을 의식의 흐름대로 글로 써보거나, 자신의 이름을 부르고 대화하듯 생각이나 느낌을 말해보는 방법도 있습니다.

글이 잘 안 써질 때를 대비해서 평소에 글감을 모아두면 필요할 때 꺼내 쓰기에 좋습니다. 컴퓨터나 노트, 블로그나 카페 등 자신만의 방식으로 큰 주제 몇 가지를 정해서 글을 모아보세요. 평소 주위에서 일어나는 일, 사람들의 행동이나 말을 관찰한 내용, 여행하며 겪은 경험들, 영화나 책을 보고 얻은 정보나 느낌도 좋습니다.

영감이 떠오를 때는 기록해야 합니다. 기록하지 않는 것은 그저 흘러가버리거나 잊히니까요. 또한 기억에 남는 순간을 사진으로 찍어두는 것도 좋은 글감이 됩니다. 지나간 시간이지만 사진을 꺼내 보면서 기억을 되살릴 수 있습니다.

가장 중요한 것은 글을 쓰고자 하는 의지와 몰입의 시간입니다. 마음을 모으고 에너지를 투자하는 여러분은 좋은 글을 써내실 수 있을 것입니다.

내가 쓴 글 내가 고치는 법

글을 쓴 뒤 반드시 해야 하는 과정 중 하나는 글을 다듬고 고치는 '퇴고'입니다. 내가 쓴 글을 객관적인 시선으로 바라보며 수정하는 것이 쉽지만은 않은데요. 스스로 글을 고칠 때 다음의 방법을 참고하시면 좋겠습니다.

첫째, 퇴고를 반복할 때는 '읽는 방법'에 변화를 줍니다. 가령, 처음에는 노트북으로 보았다면 두 번째는 휴대폰으로 읽고, 세 번째는 종이로 출력하여 살펴보는 것입니다. 이전에는 보이지 않던 오타나 반복되는 단어 등을 발견할 가능성이 높아집니다.

둘째, 글을 '소리 내어' 읽어보는 것도 도움 됩니다. 문장을 목소리로 듣다 보면 표현이 어색하거나 비문(非文)을 알아차리는 데 유용합니다.

셋째, 수정한 부분을 검토할 때는 적어도 한두 문단 앞부터 다시 읽어봅니다. 전체적인 맥락 속에서 자연스러운 흐름을 파

악할 수 있기 때문입니다. 고친 부분만 계속 들여다보면 연결이 어색해질 수 있습니다.

넷째, 퇴고를 하는 사이마다 잠시 뇌를 환기해줍니다. 음악을 듣거나, 샤워하거나, 간식을 먹는 등 다른 곳에 집중하며 머리를 식혀준 뒤에 다시 글을 읽으면, 익숙해진 내 글을 새로운 시각으로 볼 수 있습니다.

다섯째, 끝으로 맞춤법은 기본 중의 기본이겠지요? **맞춤법 검사 사이트를 통해 오탈자 및 맞춤법, 띄어쓰기 등을 반드시 확인해보시기 바랍니다.** 편안하고 읽기 쉬운 글이 완성될 거예요.

인세 외에 글쓰기로
어떻게 돈을 벌 수 있나요?

글이 쌓이다 보면 책을 내고 싶다는 욕구가 들기 마련입니다. 그럼 이런 고민도 따라오지요. 책을 내서 돈을 얼마나 벌 수 있을까? 출간 이후 기본적으로 따라오는 수익은 인세입니다. 이외에 작가로서 강연이나 인터뷰 등을 열어 부가 수익을 얻거나 개인 SNS나 블로그를 통해 광고 수익을 창출할 수도 있습니다. 하지만 이외에도 **글쓰기로 돈을 벌 수 있는 방법은 다양합니다.**

첫째, 외부 기업에 외주를 받아 비즈니스 콘텐츠(보고서, 제안서, 계약서, 블로그 콘텐츠 등)를 제작하여 수익을 낼 수 있습니다. 예를 들어 숨고나 크몽 같은 재능 마켓을 통해서 외주 계약을 체결하거나 몇 번의 계약 후 장기적인 비즈니스 관계를 구축하는 방법이 있습니다.

둘째, 만약 교정 및 윤문 실력이 있다면 개인 고객에게 외주를 받아 각종 문서(자기소개서, 발표 자료, 논문, 과제 등)를 첨삭해주는 작업을 할 수 있습니다. 외주 의뢰를 받고 싶은데 어떻게 시작해야 좋을지 모르겠다면 재능넷, 크몽 같은 재능 마켓에서 먼저 서비스를 오픈해보세요.

셋째, 정기 간행물(매거진)이나 기사 플랫폼에 글을 작성하고 원고료를 받을 수 있습니다. 기고 제안은 개인 SNS 계정을 통해 비정기적으로 들어오기도 합니다. 만약, 정기적으로 수익 창구를 만들고 싶다면 네이버 프리미엄콘텐츠에서 글을 꾸준히 발행하면서 구독자들을 모아보세요.

이 모든 방법은 자신의 전문성이나 직업 특성을 살릴 수 있는 분야에 접목시켰을 때 경쟁력과 시너지가 더욱 올라갑니다.

평범한 우리가 경험한 글쓰기의 위대한 힘

지금 당신이 글을 써야 하는 이유

2023년 7월 31일 초판 1쇄 발행

지 은 이 | 이윤지 엄명자 신재호 정혜영 고경애 강 준 강성화 유미애 염혜진
펴 낸 이 | 서장혁
책임편집 | 장진영
디 자 인 | 이새봄
마 케 팅 | 윤정아, 최은성
기　　획 | 강성화

펴 낸 곳 | 봄름
주　　소 | 서울특별시 마포구 양화로161 케이스퀘어 727호
T E L | 1544-5383
홈페이지 | www.tomato4u.com
E-mail | edit@tomato4u.com
등　　록 | 2012.1.11.
I S B N | 979-11-92603-30-8 (03810)